imaginist

想象另一种可能

理
想
国

imaginist

木心精选

豹变

木心短篇循环体小说

童明选编

木心

上海三联书店

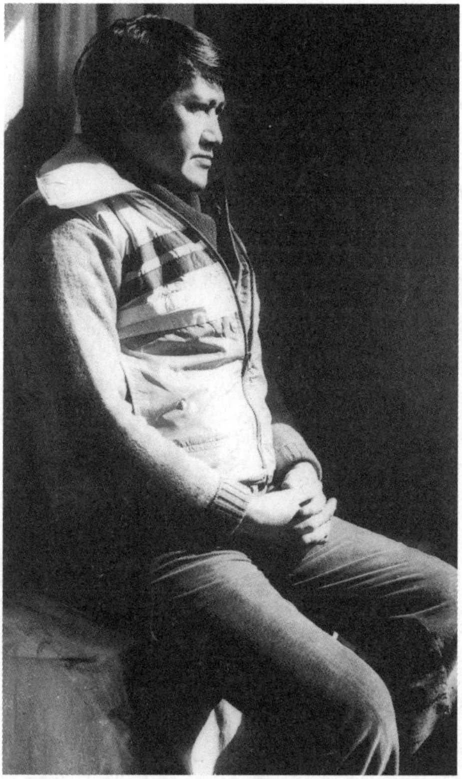

木心

大人虎变

小人革面

君子豹变

——《易经》

目 录

代 序

童 明

一

《豹变》的十六个短篇是旧作，都在不同的集子里发表过，《温莎墓园日记》就收了其中七篇。按照木心先生的心愿，以现在的顺序呈现的十六篇是一部完整的长篇小说。我和木心从 1993 年酝酿这个计划，到今天《豹变》以全貌首次出版，已历时二十余载。这是一本薄薄的礼物，您若由此获得新鲜体验，这也就是新作了。

2011年，我翻译的英文本木心小说集*An Empty Room*（《空房》），由美国New Directions（新方向出版社）出版，收了十三篇，却没有*SOS*、《林肯中心的鼓声》、《路工》这三篇。其中的缘由一句话说不清楚。一句话可以说清楚的是，没有这三篇就不完整，还不是作者设想的那部小说。

木心先生在世的时候，我常和他对话，“正式”的却只有两次。一次在1993年夏天，我受加州州立大学的委托去找他；另一次在2000年秋季，应了罗森科兰兹基金会的邀请。所谓“正式”也很自由，无所不谈。木心不愿把我们的谈话归于“访谈”一类，一直以“对话”或“木心和童明的对话”称之。1993年初夏，我们商定这十六篇为一本书，计划先出英文版，再出中文版。这个顺序后来没有变。英文版（十三篇）2011年发表；现在，这个完整的中文版（十六篇）也出版了。2009年，木心提议这本书中文版的标题用《豹变》。我向先生做过承诺，如今《豹变》终于面世，感到欣慰。还有几句渴欲畅言的话，事关木心文学艺术的纲领大旨，谨此为序。

二

成集的短篇小说分两类。一类，短篇收集，各篇自成一体，这是短篇小说集。另一类，短篇收集，各篇既相对独立，又彼此相连，形成一类特殊的长篇小说：a short story cycle，照英语译为“短篇循环体小说”。《豹变》是这第二类。

确切地说，这种长篇小说是现代主义文学（尤其是美国现代文学）中常见的一个类别。二十世纪初，有安德森的《俄亥俄州的温斯堡镇》、海明威的《在我们的时代》、福克纳的《下山去，摩西》等，都是。之后陆续有作家用这个类别创造，形成了传统。在各个短篇怎样相互联系的方式上，有若干种的结构原则。我和木心讨论，认为《豹变》和海明威的《在我们的时代》，在结构原则上不谋而合。当然，木心和海明威的写法各有千秋。这样相比，为方便了解《豹变》和短篇循环体小说的关联。

新的文学类别都有前世和今生。在古时，短篇循环体小说应该就是“讲故事的集子”（tale-telling

collections)，如《一千零一夜》、《坎特伯雷故事集》、《十日谈》等。中国的章回小说情节上有明显的连贯，不在此列。“讲故事的集子”或“短篇循环体小说”至少表面看没有明显的连贯，而且往往有意为之。

现代文学异于前现代文学之处，亦不可低估。现代文学（又称现代主义）是美学现代性的一部分，以文体和观念的创新为动力，新形式层出不穷。其中佼佼者标示了前沿，又称“先锋派”(avant-garde)。读木心，将他看作现代主义的先锋派，易于理解他文学创新中的那些取向。

通常说的现代化遵循了一套价值，自十八世纪的启蒙形成体系，称为“体系现代性”。美学现代性与这个体系现代性之间始终存有张力。现代主义创新是一种现代性格不错，但必以“生命的哲学”（本雅明语）为其底色，区别于以利润为驱动的现代化。本雅明在《论波德莱尔的一些母题》中的概括，清晰准确：几百年来，文学家和哲学家致力于美学现代性，共同建造“美学经验结构”，为的是抗衡布尔乔亚文化代表的“异化经验结构”。

文学思辨发乎生命，贴近人性，以其美学判断为特征。先锋派以此审视现代化中人的处境，不轻信“光明进步”的高调，对体系现代性保持警觉的距离。美学现代性因而是另一种现代性，用多声部音乐的术语，喻之为“对位式的现代性”（contrapuntal modernity），意思是它以变奏的方式回应着体系现代性。

体系现代性有一套宏大叙述，以“科学”、“理性”、“主体”等关键词代表其历史必然进步的信心。历史进步是人类共同的梦想，无可厚非。但不知何时，人类发展史被等同于自然进化史，“进步”的进程反而随意忽略人的状况和人性，甚至当作障碍扫除。还有一个事实：源自启蒙的体系现代性及其宏大叙述，是资本主义和社会主义共同的源头，因为两者都采用其逻辑和语汇表述其合理性。宏大叙述一旦宏大起来，就只许乐观，不许悲观，有如太阳拼命地光芒四射，却否定了自己有影子。

面对无处不在的布尔乔亚文化和宏大叙述，美学现代性的抗争看似弱小，其实是以弱为强，以弱胜强。战火中的蒲公英，野地里的茅草，生命力都很顽强。

1993年，木心在和我的对话中说："'人'要绝灭'人性'的攻势越演越烈，而我所知道的是，有着与自然界的生态现象相似的人文历史的景观在，那就是：看起来动物性作践着植物性，到头来植物性笼罩着动物性，政治商业是动物性的战术性的，文化艺术是植物性的战略性的。"可见，木心的文学不仅是文字，还有与其艺术观相应的历史观、世界观、生命观。

美学现代性对体系现代性的思辨，并非否定。体系现代性有两面，它产生的自由、平等、民主、社会正义等价值，当然是进步的。真的照此努力，人的状况就不会被搁置不顾。1784年，康德撰文《什么是启蒙》，提出启蒙首先是独立思考，在言论自由的条件下摆脱被奴役状态。这个讲法深得人心。但启蒙的遗产远比康德说的要复杂。二百年后，1984年，福柯（M. Foucault）又撰文《什么是启蒙》，以后见之明指出：我们应该继承启蒙的正面（positives），拒绝其负面（negatives）形成的"启蒙讹诈"。启蒙的负面问题不少。例如，脱离了人文思考的"理性"变成工具，可服务于殖民、专制、帝国扩张。

“什么是启蒙”，并非问一次答一次便可一劳永逸。美学现代性一直问这个问题，问中创新。

文学针对现代化做出的反应，现代主义并非唯一，还有浪漫主义、现实主义等等。而文学史揭示，现代主义在发展中，看到并且摆脱了浪漫主义和现实主义的局限，并与之区别。

浪漫主义看重的激情和想象力，本是人性中可贵的一面，也是艺术不可或缺的特质。然而激情缺不得反讽，想象缺不得冷静，否则，浪漫者会看不清自己和现实。十九世纪中叶，福楼拜写《包法利夫人》，有两个并行的目的：梳理浪漫情感，揭露布尔乔亚文化拿着庸俗当光荣。这本小说因此成为现代小说的先驱。《包法利夫人》对于美学现代性具有象征意义：须经过一次克服浪漫主义盲点的“情感教育”（福楼拜另一本小说的书名），文学才能现代化。几百年来的现代文学名著，都有这种“情感教育”的力量，木心也有。这一点对阅读木心非常重要。他属于这个文学的常态。

自十九世纪起，现实主义成为欧洲文学的另一思潮，之后又有批判现实主义、社会主义现实主义之分。

文学和现实当然不可分，但现实主义的问题在于其文学“反映”现实的主张。文学靠丰富的想象力，离不开虚构，它和现实的关系不是“反映”，而是“意味”。此外，受反映论影响过多，会忘记现实已经是不同版本的话语；如果文学不做语言的创新，有可能把某种现实的话语当作自然语言，失去的不仅是文学语言的陌生感，对现实的认知也会趋于保守。现实主义高涨时，福楼拜、陀思妥耶夫斯基等人都断然拒绝被贴上“现实主义”的标签。

二十世纪上半叶，匈牙利马克思主义文学理论家卢卡契摆起擂台，挑出“现实主义还是现代主义？”的大旗，要把现代主义归为反现实一类，贬之为腐朽没落的资产阶级文化的产物，这已经是按照二元对立的逻辑摆出的“大批判”姿态。现代主义文学的基点是文学一直的基点：人性、世界、历史都是复杂的；它的新见解是：只有做形式的创新，才能深究各现实版本的符号编码，深刻介入现实。现代主义和现实主义，归根结底是两种不同的哲学性格。现实主义依然存在并在发展。但是，卢卡契阐释的理论，在现实和语言的关系等问题上都趋于僵固。作为文学争论，这一页已经翻了过去。

以上这些，都涉及怎样评价木心风格之意义，因为提到的人少，故而赘言一二，作为“序”的开端。

现代主义是世界范围内的文学洗礼。十九世纪，现代主义已经氤氲欧罗巴和俄罗斯。后人论起，莫不以福楼拜、波德莱尔、兰波、陀思妥耶夫斯基等人为之先驱，为先锋派之先锋。二十世纪初，欧美再度勃兴现代主义，普鲁斯特、卡夫卡、叶慈、庞德、乔伊斯、艾略特、福克纳等，都是举起旗帜的先锋作家。俄国文学承继十九世纪的伟大传统，势头丝毫不逊于欧美。六十年代起，拉美和非洲也出现了现代主义的大趋势，只不过有另一个总称：“魔幻现实主义”。世界范围看，先锋派人数众多，个个身手矫捷，成就不凡。

五四时代，鲁迅代表的新文学真诚地趋向世界的大潮，实为现代主义在中国的初次见证。后来，战争阻断文化，单一意识形态长期禁锢，吾国文学在狭窄的格局里自成一统。久而久之产生幻觉，以为这就是世界的常态。“凡是民族的，就是世界的”——未必。

经常听到的，无异于井蛙之鸣。八十年代，突然间获知外面的世界很精彩。在开阔的时空里，思想活跃、艺术创新乃是必然。又一轮现代主义出现，确实可喜。惟其势单运薄，又非常可惜。现代主义还顶着“腐朽反动”的帽子，突然偃旗息鼓，先天和后天的不足可想而知。

木心长久和全方位地在沉浸在世界其他文明的文学艺术中，默默研习几十年，很晚他才出现在国人视野里。他的到来如晨风，唤起了海洋和森林的回忆，清新，也令人意外：为什么这个人经历过各个历史时期的磨难，仍然保持自由的个性；他的写作居然没有与中国传统断裂，也没有与世界断裂。

面对这位迟来的先锋派，也有指指点点，似乎此人来路不明，要查查户口再说。

在当下的文化里，说木心是先锋派不仅尴尬，还有些讽刺。曾几何时，现代主义被否定，连贝多芬的无标题音乐也被批判。如此等等并未反思，也没有反思的机会，荒谬和戾气一起沉潜，积淀在集体无意识里，任由“过去”指导“当下”。既然“文学是现实的反映”

依然天经地义，谁又理会世界文学已经历过现代主义的洗礼。既然何为美学前沿还在云里雾里，谁又在乎什么先锋派。木心被发现，赞叹声中混杂着否定，时而可闻几声诅咒。木心，“野地玫瑰”是也。“那末玫瑰是一个例外”：例外的文风，例外的情感方式，例外的思维表达。

惊艳，惊叹，惊愕，惊恐，四座皆惊：此人的汉语写作不错！再读，似懂而非懂。有惊而醒者，必会想到:这“例外”带回来的岂不是世界文学的“常态”？那么，我们为谁而惊？为何而惊？

木心的先锋性还有一个因素：他在四海之外遇到了兄弟。昆德拉、纳博科夫这样的作家和木心一样，都是“带根流浪”人，木心呼之为“昆德拉兄弟们”，足见其情深义重。自上世纪八十年代起，有个新的称谓 diasporic writers（我译为“飞散作家”），正是此意。美国学者克里弗德（James Clifford）有个极简的归纳：这些作家是 rooted and routed，带着家园文化的根，作跨民族和跨文明的旅行。国内学界按人类学和社会学的惯例，以前将 diaspora 译为“流散”或“离散”，一直沿用，就未能顾及这个概念的历史和当下的变化：diaspora，其希腊词源指植物靠种子和花粉的散播而繁衍，即为飞散；后来，此词长期和犹太民族的历史连在一起，加重了苦难的内涵，“离散”的译法突出这一点；八十年代之后，这个词的语义被重构，指当代文化文学的新现象，即：一些作家在跨文明、跨民族的旅行中，展示了类似文化翻译和历史翻译的创新。这样，diaspora 一词更新后的含义归返古意，译为“飞散”更贴切。

我和木心谈 diaspora 的来龙去脉，他赞赏“飞散”的译法，将自己归于此列，之后频频提到“飞散”。

在国内学术刊物和论坛上，我解释过为什么当代的 diasporic writers 应该用“飞散作家”表述。有一次，我告诉他：国内一部分学者仍不喜欢“飞散”的译法，坚持用“离散”或“流散”。木心说：“下次回国讲课，你问大家：有两个同样主题的学术会议，一个叫飞散文学会议，一个叫离散文学会议，你们愿意去哪一个？”说完我们都笑了。木心的理解很准确：当代“带根流浪”的作家，少了一些悲苦，多了一分生命繁衍的喜悦和创新的信心。

飞散作家中也有标示新的文化和思想前沿者，不愧为当代的先锋派。木心是飞散作家，也是先锋派，这两种特质在他身上很和谐，很般配。

带根流浪多年后，木心悄然归来，认真告诉别人：他是“绍兴希腊人”，别人以为他开玩笑；有人尊称他为“国学大师”，他马上谢绝，补充说：中国需要的不是“国学大师”，而是“创新”者。

长途跋涉之后，木心再次踏上故土，乡情仍浓，乡愿乃无。晚年的木心壮志未酬，他满怀期待，却估计不足走进一种喧闹的“常态”，难掩失望。风中也有好消息：厌恶了虚伪且僵固的思想形态之后，许多人，许多年轻人，越来越向往文学艺术，向往生命中的真经验。还好，生命在，汉语在，还有木心这样的作家，足以让我们体味“郁丽而神秘”。

三

作为短篇循环体小说的《豹变》，其结构蕴涵一种分与合的特殊关系：以碎片为分，又以碎片为合。

“碎片”式（fragments）文体，是欧美先锋派的创新之一：段落内、段落间、篇章间的那种不连贯，最终在秘径上连贯。一旦识得其连贯，就觉得很是连贯。

碎片形式的好处，在它以审美的陌生感（defamiliarization）挑战惯性思维。碎片因其质地各不同而丰富多样，唤回现代生活时常忘却的美学经验，又在美学思维的探索中将碎片接了起来。现代诗歌上最突出的碎片体，当属艾略特的《荒原》。这种写法影响了许多作家，海明威即其中之一，尤其是《在我们的时代》（*In Our Time*）。碎片式文体，放在前现代不易理解，随着电影时代的到来则顺理成章。有人将海明威的《在我们的时代》与电影的蒙太奇相比，称这种结构为“断裂的原则”（the principle of discontinuity），看似“断”的地方，断而不裂。尼采的箴言体未尝不是如此，言简意赅的片段，却是连贯一气的。木心擅长俳句，和碎片体也是异曲同工。

木心和海明威都是擅长短篇的作家。长篇和短篇小说的真正区别，或许不在篇幅。福克纳有一次被问，您怎么成了长篇小说家（novelist）的？他答：吾之首爱为诗，先尝试诗而未果，再尝试仅次于诗之短篇，也未成正果，于是，成了长篇小说家（novelist）。福克纳的幽默，暗示美学中的一个认知：短篇小说更以抒情为主调，更接近诗的况味。其实，福克纳的前功并未尽弃，他把诗和短篇的尝试再用于长篇，成就了自己独特的小说风格。

擅长短篇的作家，许多人写成了散文诗。以俄国作家为例，契诃夫、屠格涅夫、布宁（Bunin，又译蒲宁）、纳博科夫等，都是文字隽美、收放自如、篇篇可比精磨的钻石。木心有俳句，“我常与钻石宝石倾谈良久”，寓意也在此。

布宁的短篇精美，是小说更是散文诗，今天还记得的不多了。有一次，木心无意提到布宁，如数家珍，令我惊喜。他喜欢的钻石宝石可不少，而且他看重的散文家又多是思想家，如：老子、孔子、蒙田、卢梭、爱默生。木心的眼光独到，还在于他敬重耶稣的原因与众不同。他说过，耶稣是集中的艺术家，而各个艺术家又是分散的耶稣。

品文学如同品人，各有所长，不是非黑即白。赞赏以短篇为基础的小说，不是要贬低一气呵成的长篇。陀思妥耶夫斯基的长篇，不仅篇幅长，气息也长，缠绵于人性的复杂和冲突。纳博科夫说陀氏文字有时粗糙。那又如何呢？能让文学担当人性最大可能者，非陀思妥耶夫斯基莫属。他造的是金字塔，不是钻石。钻石和金字塔之间，无法以优劣评判，而钻石与钻石之间，金字塔与金字塔之间，还是有优劣之分的。

木心自己的短篇，以哲思和情感互为经纬，叙述的不仅是故事，是散文、诗、小说之间的文体。木心的文字像是暴雨洗过一般，简练素静。深沉的情感，冷淬成句，呐喊也轻如耳语，笔调平淡而故实，却曲径通幽。他善反讽，善悖论，善碎片，善诗的模糊，善各种西方先锋派之所擅长，用看似闲笔的手法说严肃的事理（这一点和伍尔芙夫人相似），把本不相关的人和事相关起来，平凡中荡起涟漪，有中国散文的娴雅，有蒙田式的从容，更把世界文学中相关的流派和传统汇集一体。《诗经演》在海外初版，木心曾以《会吾中》为题，是这个意思。

《豹变》的碎片感，皆因各篇质地相异，形式灵活，结构近于海明威式的“断裂原则”。换一个文学例子比喻:有一种发源于古波斯的诗体,叫“加扎勒”(ghazal),两句为一诗段,七个诗段以上构成一首诗,而每个诗段可以在主题或情调上不同,一段宗教,一段回忆,一段爱情,一段历史,一段童话,一段超验。这样的构造,有灵动之美。

在现代小说的艺术层面上,短篇循环体小说如何由碎片合成整体,各家都有路数,《豹变》也有。说得仔细一些,以下几点可供参详。

一,短篇循环体小说的首篇,通常是引子或序。有些作家的引子,明晰点出全书主题。如安德森的《俄亥俄州的温斯堡镇》的首篇,阐释了“怪异”这个贯穿全书的文学概念的哲学意义。还有些引子,没有这般直白,以氛围托出情感基调,暗指主题,如海明威《在我们的时代》的首篇。《豹变》的首篇*SOS*是散文诗,像音乐叙事曲般拓展,在生死至关的一刻戛然而止,隐隐之间似有宣示:人类会遭遇不可预知的灾难,但在符合文明的人性中,博爱(爱他人、爱生命)和生命意志力不会泯灭。我认为,这其实是陀思妥耶夫斯基的最终主题。《豹变》结束篇的《温莎墓园日记》与此主题呼应，只不过主题经发展之后，落在“他人原则”（下面详述），以爱（爱他人）来抵制无情无义的现代商业文化。

二，《豹变》的时间排列线索，隐含一个艺术家的精神成长史。书名“豹变”，源自《易经》革卦：大人虎变，小人革面，君子豹变。大人即坐拥权位者，变化如虎。小人，脸上变化甚多。大人、小人的变，我们见得多了。惟君子之变，漫长而艰辛，可比豹变。幼豹并不好看，经过很长时间，成年之豹才身材颀长，获得一身色彩美丽的皮毛。木心向我解释书名时说：“豹子一身的皮毛很美，他知道得来不易，爱护得很，雨天，烈日，他就是躲着不肯出来。”“君子豹变”是由丑变美、由弱到强的过程。木心心中的君子是艺术家；其成熟和高贵，也要经过不易的蜕变。此外，“君子豹变，其文蔚也”，“文”同“纹”，恰是《豹变》斑斓的色泽。

《豹变》的故事描写的是个体的人，大致看得出童年、少年、青年、中年几个人生阶段。私人经历又对应着战前、二战、二战后、建国后、打开国门等阶段，需要在这些历史背景中思考。当然，还有一个重要的阶段：走出国门后的西方世界。

三，“我”和他人（他者）。海明威的《在我们的时代》有两类故事，尼克故事和非尼克的故事，这两类虽然不直接相关，却相互诠释，形成断而不裂的长篇。木心的《豹变》全都是第一人称的“我”为叙述者，但这个“我”有时在几个故事中可能是一个人，有时则不是，有时是被有意模糊了。这里牵涉两个文学原则需要说明：一，第一人称的“我”虽然带有作者经历的痕迹，故事却是虚构的，木心始终坚持：虚构的才是文学；二，有意“模糊”（ambiguity）在文学中是修辞手段之一。

有些故事可以理解为由同一个“我”链接，如第二至第五篇。有些故事（如《魏玛早春》）的“我”，不能认定和前面故事的叙述者是同一人。有些故事里则明显不是，如：《静静下午茶》中的“我”是英国女性；*SOS* 的医生国籍不详；《温莎墓园日记》的“我”虽是男性，但种族、年龄等不详，有意被模糊。

人物身份的有意模糊，由木心的“他人”美学原则解读更为妥当。他人，也可以说是他者。英文里的

the other 可表示别的人，也可以表示另一个时空、另一个文化、另一种经验。他者原则开辟了木心文学的种种可能，是他的“魔术”法则。

木心本人有爱有恨，但他的“他人原则”以人性中爱的能力为主，意味着“我”融入更广泛的人性经历的可能。木心在《知与爱》中说：

我愿他人活在我身上
我愿自己活在他人身上
这是“知”

我曾经活在他人身上
他人曾经活在我身上
这是“爱”

雷奥纳多说
知得愈多，爱得愈多
爱得愈多，知得愈多

《豹变》中的时空、经历、文明、艺术，相互交错，我中有他，他中有我。如果读者认定某个“我”一直跟踪，在某一刻就发现那个人虚幻了，“我”的界限模糊了。这一恍惚，阅读进入了“他人原则”的深化。多数情况下的“我”具有艺术家的属性。“豹变”的意思，也是将“我”散开，“我”和他人融为一体，他人也集中于“我”。结束篇《温莎墓园日记》凸显这样的情节：一个生丁（一分钱美币）在“我”和“他”之间正面、反面地翻转，比喻着我和他之间的互动，乃至相互轮回，印证生丁上的一行拉丁文：*E pluribus unum*（许多个汇为一个）。更形象的印证，则是墓碑上的瓷雕：“耶稣走向各各他，再重复重复也看不厌。”

木心的诗集《伪所罗门书》也是根据这样的“他人原则”将“碎片”连结为整体。副标题“一个不期然而然的精神成长史”，可以相参。

四，飞散艺术家的主题，是各短篇凝聚为整体的另一方式。这十六篇中，九篇发生在中国，七篇在中国之外的时空里。（新方向出版社排斥了三篇，只留了四篇国外的故事。这样一来，九篇和四篇的搭配，结构就失衡了）交叉的时空，是艺术家的成长舞台：民族历史的磨难是源，艺术家依靠生命意志成就艺术是流，源和流一起汇入世界。中国和世界、家园和旅行，是渐悟之后的顿悟。顿悟中，多了一些美学原则的宣示。

当然，把《豹变》的故事分成两个时空有些牵强，因为讲故事的人在心理上是不能分的。《豹变》一开始，那个“我”已是见过世面体验过生命的眼光。

我最早读到木心文学作品是 1986 年，感叹的是他和当代中国文学的写法如此不同。我是世界文学的学生，自己在阅读世界名著体会到的那些美学原则，在木心的文字里一一验证，屡屡有感触。和木心一生为友，我们有这样的共识：汉语文学只有融入世界文学才能现代化，才能生生不息。

四

木心的写作与汉语悠久的传统一脉相承，没有断裂：如此的表述虽然对，却不够完整。

木心自己的看法一直是：汉语及汉语文学必须要现代化，现代化的意思是要从世界汲取新养分，但前提是恢复汉语文化的本色。木心的汉语行文，远，与《诗经》等古典相接，近，深谙明清和民国散文小说之韵律。他对当代汉语也很敏锐，唯独对新八股，像遇到瘟疫避之不及。如此的写作习惯，旨在获取干净新颖的汉语。而汉语文学的现代化，思想观念为首要。思索民族而发现世界，探索世界而理解民族。一味强调自己特殊的民族必然孤立于世界，结果一潭死水。木心不做“国学大师”，要在广阔的语境中创新，要多脉相承，要以文化飞散完善他的艺术。

这样的看法和写法，落在实处，见于《豹变》中几种不同文体的质地，可大致加以区分。

有些篇章是十足的散文诗体，如具有先锋派特色的*SOS*。可与之相提并论的，还有《魏玛早春》、《明天不散步了》、《温莎墓园日记》。

《魏玛早春》特别值得一提。其中四节，宛如四个乐章的变奏，自然、神话、文学并列，将歌德创造《浮士德》的经历，暗比大自然生发变化的神秘，不发激昂之声，以平和而深情的语调赞颂人和自然的创造。第一和第四章，写魏玛的早春寒流反而复之，以及“我”对春天的期盼，烘托歌德的艺术创造。第二章的神话故事，讲众神在一次竞技中创造了花草，完全是木心的原创。超自然的想象融入准确的生物学知识和词汇中，可谓“妙笔生花”。第三章，描绘洞庭湖边唯在大雪中开花绽放的一棵奇树，又是自然界中超自然的奇景，与第二章超自然中的自然相互对应。从第二章里摘录两小段，默读自可体味：

花的各异，起缘于一次盛大的竞技。神祇们亢奋争胜，此作 Lily，彼作 Tulip；这里牡丹，那里菡萏；朝颜既毕，夕颜更出。每位神祇都制了一种花又制一种花。或者神祇亦招朋引类，故使花形成科目，能分识哪些花是神祇们称意的，哪些花仅是初稿改稿，哪些花已是残剩素材的併凑，而且滥施于草叶上了，可知那盛大的比赛何其倥偬喧豗，神祇们没有制作花的经验。

例如，Rose。先就 Multiflora，嫌贫薄，改为 aeieularis；又憾其纷纭，转营 indica，犹觉欠尊贵，卒毕全功而得 Rose rugose。如此，则野蔷薇、蔷薇、月季、玫瑰，不计木本草本单叶复叶；它们同是离瓣的双子植物，都具衬叶，花亦朵朵济楚，单挺成总状，手托或凹托，萼及花不外乎五片，雄蕊皆占多数。子房位上位下已是以后的事，结实之蒴之浆果也归另一位神祇料理。

其中韵味有汉语古风，又中西兼容，更有先锋派的写法，大胆却贴切，多层次的衔接，严丝合缝，实乃汉语文学现代化世界化的绝佳佐证。

还有一些口吻平实的篇章，如：《童年随之而去》、《夏明珠》、《芳芳 No.4》、《一车十八人》。我们比较熟悉这种叙事，少量的独白和对话，配适当的情节，白描的手法，织造日常生活粗疏的质地，轻描淡写，意在余韵。

《芳芳 No. 4》平缓地开篇，款款道来，却是渐强的音乐叙事诗（“No. 4”是个提示），有如拉威尔的《波莱罗》（Ravel-Bolero）的节奏。一个变化无常的芳芳，与当时的政治文化中人性的扭曲，并置相关，就是一个难解的谜。“浩劫”之后，“我”和芳芳再次见面，几度苦苦思索其中缘由而不解，至最后一句，轻轻地：“嘘——欧洲人对这些事是无知的。”听似耳语，已是心里炸响的雷。这谜，中国人百思不解，岂能为外人道？又岂能不对外人道？

《一车十八人》，与以后社会上传出的某些版本看着相似，却不能相提并论。区别不在先后，而是木心能耐下心来，由细节构造整体，写出当下社会中的人性异化和丑恶，故事的基调悲愤，忧患交加，引人再探根源。

《圆光》虽有故事，却从几个角度述说人性中的灵光该是怎样的，章法是散文。

“文革”背景的故事有好几篇，包括《西邻子》。

此篇是东方题材，西方写法，重点在“我”的心理。叙事直入心内暗影，结尾的意料之外，全在人性的情理之中。

与《一车十八人》和《同车人的啜泣》不同，《路工》中的“我”在国外，而揭示“我”和“他人”之间近乎心灵感应的呼应，三篇相通之处，是木心的“他人原则”。

再说说风格更西化的那些篇章。《静静下午茶》，背景和人物都是西方的，唯一的“中国元素”是“侄女”回忆起她的中国同学教她泡红茶留下的余香。此篇中最具现代小说特征之处，是作者把“侄女”设定为“不可靠的叙述者”（an unreliable narrator），由此促发反讽（irony），贯穿全篇。“我”（侄女）不直接在长辈面前说破往事，不是不能，是出自掩藏很深的自私动机而不愿说透。她的一点私心，是故事的焦点，如果没有西方现代小说的阅读经验，还不易体悟。一对画家夫妇曾兴致勃勃告诉我，他们喜欢《静静下午茶》。一问才知他们误把这篇真的当作喝下午茶的甜点。然而这是充满纠结甚至痛苦的下午茶，木心的用意不在浪漫，因为故事直指人性中的猥琐。

如《静静下午茶》这样欧风的有好几篇，各有存在的理由，收入《豹变》加强了时空重叠感。如《林肯中心的鼓声》，集激情、幽默、讽喻为一身，难以归于哪个品类。此篇需要仔细读，其中多个意向，如果粗略讲，总是不到位的。

《明天不散步了》和《温莎墓园日记》在某种意义上可归为“散步”类的散文，其先驱包括：卢梭的《孤独散步者的遐想》的散步者、波德莱尔《巴黎的忧郁》中的“城市浪子”（flaneur）。在欧洲文学的惯例中，散步者或城市浪子都是哲学和艺术性的，超出一般意义。木心借用时，又自成风格，他的散步式散文，烙刻了当今文化旅行的标志，归于“文化飞散”一类，有待研究者慧眼识别。

当年木心写《明天不散步了》，一个周末一挥而就。纽约有位台湾作家读后拍案叫绝：“我们中文里也有了伍尔芙夫人一样的意识流了！”此话固然不错，但意识流如何流，流到何处，对木心，如同对伍尔芙夫人，才是关键所在。

《温莎墓园日记》，书信加散步的遐想，寓哲理于景物，以“他人原则”的延伸为这本小说做完结篇。我的好朋友康蒂教授（Roberto Cantie）读了我和木心的第一次对话和《温莎墓园日记》感动不已，在凌晨给我写信说：“木心在接受童明的采访时，坦言了他的衡人审世写小说，用的是一只辩士的眼，另一只情郎的眼，因之读者随而借此视力，游目骋怀于作者营构的声色世界，脱越这个最无情最滥情的一百年，冀望寻得早已失传的爱的原旨，是的，我们自己都是‘他人’，小说的作者邀同读者化身为许多个‘我’，‘文化像风，风没有界限’（木心语），这是一种无畏的‘自我飞散’（a personal diaspora），木心以写小说来满足‘分身’‘化身’的欲望，在他的作品中处处有这样的隽美例子，‘双眼视力’是个妙喻，而受此视力所洞察所浏览的凡人俗事，因此都有了意想不到的幽辉异彩。”

《空房》是“元小说”（metafiction），国内尝试者少见。“元小说”，即写小说的小说，探讨小说的惯例、路数及各种小说策略会有何种后果或价值的小说。元小说不易写，写不好味同嚼蜡。《空房》却写出了种种的意旨情趣。“我”在二战后，漫步至荒山野岭，来到一座破落的庙宇，上的楼来不见有人，却有一间如婚房的粉色房间，虽空空如也，地上铺满柯达胶片盒，还有散乱的信件，署名“梅”和“梁”，没有明确的年月日，他们之间如果是一段爱情，怎么会发生在战乱时期的这里？叙述者“我”绞尽脑汁，做了至少七项推断，排除了哪些浪漫不切实际的可能，却没有排除人性中爱的坚韧。

我就此篇请教木心，他说：“这是在探索如何写作，就是要把那些缠绵的浪漫情节排除在外。”有心人读此篇，细嚼几番，不难体味何为现代主义的“情感教育”。

最后谈谈《地下室手记》。这里的五个短篇，产生于特殊的历史背景，而木心希望能通过这样具体的时空突出艺术的力量。上世纪七十年代，木心曾在上海某个地点被非法囚禁，在阴湿的防空洞里被囚禁数月，用写检查省下的六十六页纸、双面一百三十二码，密密麻麻写了一部散文长篇。如今存放在木心美术馆的这份稿件，已经模糊不清。2000年，木心应罗森科兰兹基金会的请求，费了很大力气才从中抽出了五个短篇，由我译为英文，发表在耶鲁大学出版的集子里。

在那个我们如今笼统称为“十年浩劫”的年代，木心靠艺术给他的教养坚韧生存下来，这五篇是生命意志的见证。《地下室手记》中的防空洞是现实的，但木心写的每一篇却是想象力的产物，实乃虚构，如同《豹变》的其他篇章都是虚虚实实。虚构是文学最基本的特征。真故事的真，其实比不上文学虚构获得的更真，因为艺术的真实是感悟到的真实。

五

我是木心作品的第一个英译者。因为美国大学的工作繁忙，我一直在工作之外的时间一篇一篇翻译。译完的作品，起先陆续发表在美国的《北达科他文学季刊》、《柿子》和《文学无国界》等文学期刊。木心去世之后的 2013 年，英译本的 *SOS*（《豹变》首篇，没有收在英译本里）在纽约的《布鲁克林铁轨》杂志上发表，当年 10 月获得 Pushcart 文学奖提名。英译本的《林肯中心的鼓声》和《路工》发表在美国的《圣彼得堡季刊》，这也已经是在木心身后了。

2006年前后，我和木心的文学代理人向New Directions（新方向出版社）提交了十六篇的完整译本。这是一家负有盛名的文学出版社，早年出版过庞德和艾略特的诗歌。那里的编辑部收到稿件后很快通过决议，愿意出版，却只愿意采纳其中十三篇，不肯出*SOS*等三篇。我们向出版社解释：那三篇是小说整体不可或缺的部分，希望收入。对方没有回复，具体原因是什么也不肯说。我们坚持，对方沉默。一耽搁就是几年。木心为此有些沉闷。这种事，文学史上并非没有先例。乔伊斯为了出版《都柏林人》，从1905年到1914年前后向出版社十八次交稿，最后方能如愿。

后来，木心的健康每况愈下，我建议他让一步。含十三篇的英译本于2011年5月出版后，各书评机构好评如云。幸好此书在木心去世之前出版了，给了他不少的宽慰。

2010年夏，我去乌镇，带去清样。木心双手接过，显然很兴奋："来来来，让我看看这些混血的孩子。"

翻看一阵之后，木心缓缓说了一句："创作是父性的，翻译是母性的。"我心里一热。

2011年夏天，再去乌镇，见木心案头和书架上摆上一排排崭新的小开本《空房》。当时我想：如果出版的是完整的《豹变》，那就完美了。然而生命中堪称完美的事并不多。

我喜欢木心，推荐木心，更看重形成他艺术品格的精神。许多人都喜欢木心的俳句，觉得好玩，幽默，机智。我也喜欢木心这一面。他还有另一面，《豹变》里的故事，有不少好玩的字句、好玩的片刻，基调却是凝重的，凝重之中透着力。木心的文字是冷处理过的，引我们走进生活中熟悉的阴影，而行走在阴影里，却莫名地受之鼓舞和启示。我想：木心知道，也让我们知道，爱和生命意志是艺术的本质，也是生命的意义，这是我们在黑暗中唯一的光亮来源。

2011年《空房》出版后，我在美国产业工人的网站读到一篇书评，说西方某些作品看似精致，却不像木心的小说能给人真实的力量。书评说，木心有"一种精神"。我急忙打电话上转告木心，他高兴，激动，连连说："对，我们是有精神的。"

我和木心相遇相知，在艺术代表的精神中加深友谊，于是彼此都感受到了：命运，可以是精致而美妙的。

1993 年 8 月的一天，我从美国西岸飞到纽约，兴冲冲前去拜访木心。他已经搬过好几次家，那时租居在杰克逊高地的一栋连体屋里，门口正对路口交叉处。我下午到达，他早就站在门前的楼梯上眺望，见我到了，快步下来。我们热烈拥抱。

木心兴奋时，眼里闪光；沉思时，眼睛会像午后的日光暗下来。接下来的两天，我们不停地谈话，大小话题，东西南北。

木心住的屋子呈横置的"山"字，中间的厨房兼餐厅较小，"山"字中间的一横短了下去。进了门，前面很小很小的一间算作客厅，一张桌，两把椅，右面墙上是红字体的王羲之《兰亭序》拓片；穿过通道，经中间的厨房兼餐厅，后面一间是卧室。我们一会儿在前厅，一会儿在中间的厨房，晚上在后面卧室就寝，他睡床上，我睡地铺，继续说话，直到睡着。到了第三天晚上，木心半开玩笑地说："童明呀，你再不回洛杉矶，我要虚脱了。”

第二天傍晚，在街上散步，我向他重复我们谈话的一些亮点，木心突然说：“人还没有离开，就开始写回忆录了。”两人都不再说了，沉默。这句话我一直记着，一直在心里写回忆录，久了，反而不知如何落笔。

谈话平缓时如溪水，遇到大石头，水会转弯，语言旋转起舞，激荡出浪花。第三天晚上，十一点半左右，坐在前面小厅里，话题进入平日不会涉及的险境，话语浓烈起来，氛围已经微醺。这时，街对面的树上一只不寻常的鸟开始鸣唱。木心打开门查看，我也看到了，是一只红胸鸟。我顺口说：“是不是红衣主教（red cardinal）啊。”后来，我向熟知鸟类的美国朋友请教，他们说应该不是，而是某种模仿鸟。

通常的模仿鸟无非是模仿两三种曲调，而这只红胸鸟可以鸣唱五六种曲调，居然有 solo 的独唱，还有 duet 的和声。是天才的羽衣歌手，还是天外之音？最不寻常的是，它叫得如醉如痴，一直激昂到凌晨三点，等到我们躺下了，它才转入低吟。梦里还能听到它。

木心说，我们的谈话触及了人类的险境，或许就触动另一个维度。这样解释有点神秘，有点暗恐，但没有比这个更合适的解释了。

木心很在意这只红胸鸟，诗句里几次提到。我和木心一起亲历了那晚，知道整件事的不寻常，但无法转述。木心向丹青他们转述，再传出的叙述已经走样。比较准确的叙述应该是：那不是一只鸟，而是来自神秘世界的信使。

我写这篇“序”，断断续续的，难免想到那个夏天，想起我对木心的承诺，似乎又听到了红胸鸟如醉如狂的鸣唱，不舍地把它留在记忆里，反复聆听，慢慢回味，突然间我意识到：木心先生已经不在了。心里，一片空白。

翻开书，又能听见他谈笑风生，激昂时就像那只红胸鸟，来自彼岸，归于彼岸，一个和我们的时空交集的时空。

2016 年圣诞前夕

说 明

1．《魏玛早春》原本按诗行排列，现改为散文体。之前，英译本已经将此篇改为散文体，收在2011年美国New Directions（新方向出版社）出版的十三篇中。现在的中文版，按照那个版本的标点和分段编辑排列。

2．《地下室手记》前面的“伊丽莎白·贝勒笔记摘录”，是我根据资料虚构，为此篇的完整，也为全书的结构完整。英文版此篇前的一段，也是我添加的，现以“伊丽莎白·贝勒笔记摘录”取而代之。

3．编辑全书时，酌情做了个别人名的变动和字句的调整。“温莎墓园”前加的“日记”二字，初版是没有的。

4．所有改动，在木心生前和他共同商定。有些改动受他的委托。

童明

S O S

门都打开，人都拥到走道里……

（他退进舱房，整理物件）

船长室的播音：

……营救的飞机已起航……两艘巡弋的炮舰正转向，全速赶来……

船长说，但他不能劝告大家留守船上等候……

船长说，但如果旅客自愿留在船上，他也不能反对，因为，下救生艇，并非万全之策，尤其是老人和孩子们。

按此刻船体下沉速度……

排水系统抢修有希望……

（他能加快的是整出最需要的物件，离船）

……决定下艇的旅客，只准随带法律凭证、财产票据、贵重饰品……生命高于一切……身外之物，必须放弃……

镇静，尽快收拾，尽快出舱，一律上甲板列队，切勿……

镇静……务必听从安排……

每艇各配水手，切勿……

（不再注意播音）

刹那间他自省从事外科手术的积习之深，小箱整纳得如此井然妥帖，便像缝合胸腔那样扯起拉链，揿上搭扣。

懊悔选择这次海行。

（经过镜前，瞥一眼自己）

走道里物件横斜，房门都大开半开，没人——他为自己的迟钝而惊诧而疾走而迅跑了。

转角铁梯，一只提包掉落，一个女人也将下跌……抢步托住她，使之坐在梯级上，不及看清面目，已从其手捧膨腹的伛偻呻吟，判知孕妇临产。

挽起，横抱，折入梯下的舱房，平置床上：

“我是医生。”

（走道里还有人急急而过）

他关门。

她把裙子和内裤褪掉。

“第一胎？”

点头，突然大喊，头在枕上摇翻。

“深呼吸……

听到吗深呼吸！”

台灯移近床边，扭定射角，什么东西可以代替皮钳，也许用不着，必需的是断脐的剪子。

“深呼吸，我就来，别哭。”

（回房取得剃须刀再奔过来时船体明显倾侧）

她覆身弓腰而挣扎。

强之仰卧，大岔两腿，屈膝而竖起——产门已开，但看胎位如何……按摩间觉出婴头向下，心一松，他意识到自己的脚很冷。

（海水从门的下缝流入）

她呼吸，有意志而无力气遵从命令，克制不住地要坐起来。

背后塞枕，撕一带褥单把她上身绑定于床架。

双掌推压腹部，羊水盛流……

“吸气……屏住——放松……快吸……吸……屏住——屏住。”

婴儿的脑壳露现，产门指数不够，只能左右各伸二指插入，既托又曳……

婴儿啼然宏然，胎盘竟随之下来了。

割断脐带，抽过绒毯将婴儿裹起，产妇下体以褥单围紧……

她抱婴儿，他抱她

看见也没有看见门的四边的缝隙喷水

转门钮——

海水墙一样倒进来

灌满舱房

(水里灯还亮)

灯灭。

童年随之而去

孩子的知识圈，应是该懂的懂，不该懂的不懂，这就形成了童年的幸福。我的儿时，那是该懂的不懂，不该懂的却懂了些，这就弄出许多至今也未必能解脱的困惑来。

不满十岁，我已知“寺”、“庙”、“院”、“殿”、“观”、“宫”、“庵”的分别。当我随着我母亲和一大串姑妈舅妈姨妈上摩安山去做佛事时，山脚下的“玄坛殿”我没说什么。半山的“三清观”也没说什么。将近山顶的“睡狮庵”我问了：

“就是这里啊？”

“是啰，我们到了！”挑担领路的脚伕说。

我问母亲：

“是叫尼姑做道场啊？”

母亲说：

“不噢，这里的当家和尚是个大法师，这一带八十二个大小寺庙都是他领的呢。”

我更诧异了：

“那，怎么住在庵里呢？睡狮庵！”

母亲也愣了，继而曼声说：

“大概，总是……搬过来的吧。”

庵门也平常，一入内，气象十分恢宏：头山门，二山门，大雄宝殿，斋堂，禅房，客舍，俨然一座尊荣古刹，我目不暇给，忘了“庵”字之谜。

我家素不佞佛，母亲是为了祭祖要焚“疏头”，才来山上做佛事。“疏头”者现在我能解释为大型经忏“水陆道场”的书面总结，或说幽冥之国通用的高额支票、赎罪券。阳间出钱，阴世受惠——众多和尚诵经叩礼，布置十分华丽，程序更是繁缛得如同一场连本大戏。

于是灯烛辉煌，香烟缭绕，梵音不辍，卜昼卜夜地进行下去，说是要七七四十九天才功德圆满。

当年的小孩子，是先感新鲜有趣，七天后就生烦厌，山已玩够，素斋吃得望而生畏，那关在庵后山洞里的疯僧也逗腻了。心里兀自抱怨：超度祖宗真不容易。

我天天吵着要回家，终于母亲说：

“也快了，到接‘疏头’那日子，下一天就回家。”

那日子就在眼前。喜的是好回家吃荤、踢球、放风筝，忧的是驼背老和尚来关照，明天要跪在大殿里捧个木盘，手要洗得特别清爽，捧着，静等主持道场的法师念“疏头”——我发急：

“要跪多少辰光呢？”

“总要一支香烟工夫。”

“什么香烟？”

“喏，金鼠牌，美丽牌。”

还好，真怕是佛案上的供香，那是很长的。我忽然一笑，那传话的驼背老和尚一定是躲在房里抽金鼠牌美丽牌的。

接“疏头”的难关捱过了，似乎不到一支香烟工夫，进睡狮庵以来，我从不跪拜。所以捧着红木盘屈膝在袈裟经幡丛里，浑身发痒，心想，为了那些不认识的祖宗们，要我来受这个罪，真冤。然而我对站在右边的和尚的吟诵发生了兴趣。

“……唉吉江省立桐桑县清风乡二十唉四度，索度明王侍耐唉嗳啊唉押，唉嗳……”

我又暗笑了，原来那大大的黄纸折成的“疏头”上，竟写明地址呢，可是“二十四度”是什么？是有关送“疏头”的？还是有关收“疏头”的？真的有阴间？阴间也有纬度吗……因为胡思乱想，就不觉到了终局，人一站直，立刻舒畅，手捧装在大信封里盖有巨印的“疏头”，奔回来向母亲交差。我得意地说：

“这疏头上还有地址，吉江省立桐桑县清风乡二十四度，是寄给阎罗王收的。”

没想到围着母亲的那群姑妈舅妈姨妈们大事调侃：

“哎哟！十岁的孩子已经听得懂和尚念经了，将来不得了啊！”

“举人老爷的得意门生嘛！”

“看来也要得道的，要做八十二家和尚庙里的总当家。”

母亲笑道：

“这点原也该懂，省县乡不懂也回不了家了。”

我又不想逞能，经她们一说，倒使我不服，除了省县乡，我还能分得清寺庙院殿观宫庵呢。

回家啰！

脚佚们挑的挑，掮的掮，我跟着一群穿红着绿珠光宝气的女眷们走出山门时，回望了一眼——睡狮庵，和尚住在尼姑庵里？庵是小的啊，怎么有这样大的庵呢？这些人都不问问。

家庭教师是前清中举的饱学鸿儒，我却是块乱点头的顽石，一味敷衍度日。背书，作对子，还混得过，私底下只想翻稗书。那时代，尤其是我家吧，“禁书”的范围之广，连唐诗宋词也不准上桌，说：“还早。”所以一本《历代名窑释》中的两句“雨过天青云开处，者般颜色做将来”，我就觉得清新有味道，琅琅上口。某日对着案头一只青瓷水盂，不觉漏了嘴，老夫子竟听见了，训道："哪里来的歪诗，以后不可吟风弄月，丧志的呢！"一肚皮闷瞀的怨气，这个暗趸趸的书房就是下不完的雨，晴不了的天。我用中指蘸了水，在桌上写个"逃"，怎么个逃法呢，一点策略也没有。呆视着水渍干失，心里有一种酸麻麻的快感。

我怕作文章，出来的题是"大勇与小勇论"，"苏秦以连横说秦惠王而秦王不纳论"。现在我才知道那是和女人缠足一样，硬要把小孩的脑子缠成畸形而后已。我只好瞎凑，凑一阵，算算字数，再凑，有了一百字光景就心宽起来，凑到将近两百，"轻舟已过万重山"。等到卷子发回，朱笔圈改得"人面桃花相映红"，我又羞又恨，既而又幸灾乐祸，也好，老夫子自家出题自家做，我去其恶评誊录一遍，备着母亲查看——母亲阅毕，微笑道："也亏你胡诌得还通顺，就是欠警策。"我心中暗笑老夫子被母亲指为"胡诌"，没有警句。

满船的人兴奋地等待解缆起篙，我忽然想着了睡狮庵中的一只碗！

在家里，每个人的茶具饭具都是专备的，弄错了，那就不饮不食以待更正。到得山上，我还是认定了茶杯和饭碗，茶杯上画的是与我年龄相符的十二生肖之一，不喜欢。那饭碗却有来历——我不愿吃斋，老法师特意赠我一只名窑的小盂，青蓝得十分可爱，盛来的饭，似乎变得可口了。母亲说：

“毕竟老法师道行高，摸得着孙行者的脾气。”

我又诵起：“雨过天青云开处，者般颜色做将来。”母亲说：

“对的，是越窑，这只叫盌，这只色泽特别好，也只有大当家和尚才拿得出这样的宝贝，小心摔破了。”

每次餐毕，我自去泉边洗净，藏好。临走的那晚，我用棉纸包了，放在枕边。不料清晨被催起后头昏昏地尽呆看众人忙碌，忘记将那碗放进箱笼里，索性忘了倒也是了，偏在这船要起篙的当儿，蓦地想起：

“碗！”

“什么？”母亲不知所云。

“那饭碗，越窑盌。”

“你放在哪里？”

“枕头边！”

母亲素知凡是我想着什么东西，就忘不掉了，要使忘掉，唯一的办法是那东西到了我手上。

“回去可以买，同样的！”

“买不到！不会一样的。”我似乎非常清楚那盌是有一无二。

“怎么办呢，再上去拿。”母亲的意思是：难道不开船，派人登山去庵中索取——不可能，不必想那碗了。

我走过正待抽落的跳板，登岸，坐在系缆的树桩上，低头凝视河水。

满船的人先是愕然相顾，继而一片吱吱喳喳，可也无人上岸来劝我拉我，都知道只有母亲才能使我离开树桩。母亲没有说什么，轻声吩咐一个船夫，那赤膊小伙子披上一件棉袄三脚两步飞过跳板，上山了。

杜鹃花，山里叫“映山红”，是红的多，也有白的，开得正盛。摘一朵，吮吸，有蜜汁沁舌——我就这样动作着。

船里的吱吱喳喳渐息，各自找乐子，下棋、戏牌、嗑瓜子，有的开了和尚所赐的斋佛果盒，叫我回船去吃，我摇摇手。这河滩有的是好玩的东西，五色小石卵，黛绿的螺蛳，青灰而透明的小虾……心里懊悔，我不知道上山下山要花这么长的时间。

鹧鸪在远处一声声叫。夜里下过雨。

是那年轻的船夫的嗓音——来啰……来啰……可是不见人影。

他走的是另一条小径，两手空空地奔近来，我感到不祥——碗没了！找不到，或是打破了。

他憨笑着伸手入怀，从斜搭而系腰带的棉袄里，掏出那只盌，棉纸湿了破了，他脸上倒没有汗——我双手接过，谢了他。捧着，走过跳板……

一阵摇晃，渐闻橹声欸乃，碧波像大匹软缎，荡漾舒展，船头的水声，船梢摇橹者的断续语声，显得异样地宁适。我不愿进舱去，独自靠前舷而坐。夜间是下过大雨，还听到雷声。两岸山色苍翠，水里的倒影鲜活闪袅，迎面的风又暖又凉，母亲为什么不来。

河面渐宽，山也平下来了，我想把碗洗一洗。

人多船身吃水深，俯舷即就水面，用碗舀了河水顺手泼去，阳光照得水沫晶亮如珠……我站起来，可以泼得远些—— 一脱手，碗飞掉了！

那碗在急旋中平平着水，像一片断梗的小荷叶，浮着，氽着，向船后渐远渐远……

望着望不见的东西——醒不过来了。

对母亲怎说……那船夫。

母亲出舱来，端着一碟印糕艾饺。

我告诉了她。

“有人会捞得的，就是沉了，将来有人会捞起来的。只要不碎就好——吃吧，不要想了，吃完了进舱来喝热茶……这种事以后多着呢。”

最后一句很轻很轻，什么意思？

现在回想起来，真是可怕的预言，我的一生中，确实多的是这种事，比越窑的盌，珍贵百倍千倍万倍的物和人，都已一一脱手而去，有的甚至是碎了的。

那时，那浮氽的盌，随之而去的是我的童年。

夏明珠

在我父亲的壮年时代，已婚的富家男主，若有一个外室，舆论上认为是“本分”的。何况世传的邸宅坐落于偏僻的古镇，父亲经营的实业，却远在繁华的十里洋场；母亲、姐姐、我，守着故园，父亲一人在大都市中与工商同行周旋竞争，也确是需要有个生活上社交上的得力内助，是故母亲早知夏明珠女士与父亲同居多年，却从不过问，只是不许父亲在她面前作为一件韵事谈。

寒假，古镇的雪，庙会的戏文，在母亲的身边过年多快乐。暑假，我和姐姐乘轮船，搭火车，来到十里洋场，父亲把我们安顿在他作为董事长的豪华大旅馆中。姐姐非常机灵，而且勇敢，摸熟了旅馆附近的环境后，带着我，不断地扩大游乐的范围。旅馆中上自经理下至仆欧，悉心照料卫护姐弟二人，任何东西开口即得，就怕我们不开口。父亲似乎知道不会失事出事，他也没有余暇来管束我们，倒是夏女士，时常开车来接我们去她的别墅共餐，问这问那，说到融洽处，要我们叫她“二妈”，我和姐姐笑而不语了——母亲并没有叮嘱什么，是我们自己不愿如此称呼。她的西方型的美貌、潇洒的举止、和蔼周致的款待，都使人心折，但我们只有一个母亲，没有第二个。而且她一点也不像个母亲，像朵花，我和姐姐背地里叫她“交际花”，吐吐舌头，似乎这是不应该说出声来的。姐姐告诉我夏女士是“两江体专”高材生,“高材生”我懂，就是前三名，总平均九十分以上的。“两江体专”是什么？只在故事里听见过“两江总督”。姐姐说，浙江江苏两省联名合办的体育专科学校，夏女士是游泳明星、网球健将。我听了，不禁升起了敬意，可是这敬意又被夏女士的另一称号所冲淡：姐姐说旅馆斜对面不是有一家很大很大的理发厅吗，夏女士，她就是“白玫瑰理发厅”的老板娘，“老板娘”，我讨厌。所以每见夏女士，便暗中痴痴忖度，她一举一动，一颦一笑，哪些是“老板娘”，哪些是“运动健将”，越辨越糊涂，受够了迷惘的苦楚。姐姐说，管她呢，反正我吃她给我的五香鸭肫肝，穿她给我的乔奇纱裙子，还不是爸爸的钱。我也吃鸭肫肝，我穿背带裤，白亮皮高统靴，还不是爸爸的钱。(那是夏女士陪我们去挑选的，定制的，如果我们自己去，店家哪会这样殷勤，两次三次试样，送到旅馆里来）奇怪的是，一进店，她就说：“你喜欢这种皮靴，是吗？”我高兴地反问：“您怎会知道？”“很神气，像个小军官。”我非常佩服了，她与我想的一样。姐姐的心意也被猜中，她是小小舞蹈家，薄纱的舞衣，一件一件又一件，简直是变魔术，使我自怨不是女孩子，因此我走起路来把靴跟敲得特别响，我不能软软地舞，在路上，那是我神气得多了。

假期尽头，父亲给我们一大批文具、玩具、糖果、饼干，还有一箱给妈妈的礼物，说：

“对不起，我一直没有陪你们玩，怎么样，过得好不好？”

“还不错。”我答。

“什么叫还不错？”

“还可以。”我解释。

“不肯说个好字么？”

“还好。”我说。

姐姐接口道：

“很好，我和弟弟一直很快乐。”

爸爸吸雪茄，坐下：

“回去妈妈问起来，你们才该说‘还好’，懂吗？”

“我们知道的。”姐姐回答了，我就点点头。

爸爸把我拉到他胸口，亲亲我，低声：

“你生我的气，所以我喜欢你。”

归途的火车轮船中，我们商量了：妈妈一定会问的，哪些该讲，哪些就不讲，赛马、跑狗、溜冰、卓别林、海京伯——讲；别墅里的水晶吊灯、银台面、夏女士唱歌、弹琴、金刚钻项链——不讲；波斯地毯、英国笨钟、撒尿的大理石小孩，也不讲，理发厅？妈妈来时也住这旅馆，也会到那里理发厅去，可是妈妈不会问“你们老板娘是谁”，我同意姐姐的判断。两个孩子虽然不懂道德、权谋，却凭着本能：既要做母亲的忠臣，又不做父亲的叛徒。

到家后，晚上母亲开箱，我和姐姐都惊叹怎么一只箱子可以装那么多的东西，看妈妈试穿衣服最开心。我心里忽一闪，是夏女士买的；还有整套的化妆品，像是外科医生用的。另外，一瓶雀斑霜，我问：“妈妈你脸上没有雀斑呀？”

母亲伸给我一只手：

“喏，也奇怪，怎么手背上有雀斑了，最近我才发现的呵。”

孩子的概念是：暑假年年有，爸爸年年欢迎我们去，妈妈年年等着我们回，一切像客堂里的椭圆红木桌，天长地久，就这样下去下去。哪知青天霹雳，父亲突然病故，是在太平洋战争爆发的前一年。从此家道中落，后来在颠沛流离的战乱中，母亲常自言自语：

“也好，先走了一步，免受这种逃难的苦。”

父亲新丧不久，夏女士回到这古老的镇上来了——

她原是本地人，父母早亡，有三个兄弟，都一无产业二无职业，却衣履光鲜，风度翩翩。镇上人都认为是个谜，谜底必然是罪恶的。夏明珠绰号“夜明珠”，这次回乡，自然成了新闻，说是夜明珠被敲碎了，亮不起来哉。

我父亲亡故后，她厄运陡起，得罪洋场的一个天字号女大亨，霎时四面楚歌，憋不过，败阵回归。从家具、钢琴也运来这点看，她准备长住——像她那样风月场中金枝玉叶的人，古镇与她不配。她也早为古镇的正经人所诟谇谣诼，认为她有辱名城。所以，据说夏明珠确是深居简出，形如掩脸的人。当时消息传入我家，母亲轻轻说了句：

“活该。”

母亲不以为夏明珠会看破红尘，而是咎由自取，落得个惨淡的下场，抬不起头来。

夏女士几次托人来向我母亲恳求，希望归顺到我家，并说她为我父亲生下一女，至少这孩子姓我们的姓。母亲周济了钱物，那两个请愿，始终是凛然回绝的。有一次受夏女士之托的说客言语失当，激怒了母亲，以致说出酷烈的话：

“她要上我家的门，前脚进来打断她的前脚，后脚进来打断她的后脚。”

我在旁听了也感到寒栗，此话不仅词意决绝，而且把夏女士指为非人之物了。

说客狼狈而去，母亲对姐姐和我解释：

“我看出你们心里在可怜她，怪我说得粗鄙了。你们年纪小，想不到如果她带了孩子过门来，她本人，或许是老了，能守妇道像个人，女孩呢，做你们妹妹也是好的。可是夏家的三兄弟是什么脚色，三个流氓出入我家，以舅爷自居，我活着也难对付，我死了你姐弟二人将落到什么地步。今天的说客，还不是三兄弟派来的，我可只能骂她哪。”

我的自私，自卫本能，加上我所知的那三兄弟奇谲的恶名，听了母亲这段话，仿佛看到了三只饿鹰扑向两只小鸡，母鸡毛羽张竖，奋起搏斗——我不怪诗礼传家的母亲的忽然恶语向人了。

太平洋战争爆发后，转辗避难，居无定所。苦苦想念故园，母亲决定带我们潜回老家，住几天，再作道理，心意是倘若住得下来，就宁愿多花点代价担点风险，实在不愿再在外受流离之苦了。

当时古镇沦于日本法西斯军人之手，局面由所谓“维持会”支撑着。我们夤夜进门，躲在楼上，不为外人所知，只有极少几个至亲好友，秘密约定，上楼来一叙乡情。入夜重门紧锁，我和姐姐才敢放声言笑，作整个邸宅的旧地重游，比十里洋场还好玩，甚而大着胆子闯进后花园，亭台楼阁，假山池塘，有明月之光，对于我们来说，与白昼无异。实在太快乐，应该请母亲来分享。

畅游归楼，汗涔涔气喘喘，向母亲描述久别后的花园是如何如何的好，妈妈面露笑容，说：

“倒像是偷逛了御花园了，明夜我也去，带点酒菜，赏月。”

洗沐完毕，看见桌上摆着《全唐诗》，母亲教我们吟诵杜甫的五言七言，为了使母亲不孤独，我们皱起眉头，装出很受感动的样子。母亲看了我们几眼，把诗集收起，捧来点心盒子——又吃到故乡特产琴酥、姑嫂饼了，那是比杜甫的诗容易体味的。

这一时期，管家陆先生心事重重，早起晏睡，门铃响，他便带着四名男仆，亲自前去问答。如果他要外出办事，了解社会动态，他总是准时回返，万一必须延迟，则派人赶回说明，怕母亲急坏了。

自从夏末潜归，总算偷享了故园秋色，不觉天寒岁阑，连日大雪纷飞。姐姐病了，我一人更索然无绪，枪声炮声不断，往时过新年的景象一点也没有，呆坐在姐姐的床边，听她急促的呼吸，我也生病躺倒算了。

一日午后，陆先生蹑上楼梯，向我招招手，我悄然逸出房门，随他下楼——夏明珠死了！怎么会呢？陆先生目光避开，侧着头：

"我要向你母亲说。"

"不行，你详细告诉我，我知道该怎么说。"

"应该我来说，而且还有事要商量。你上去，等你母亲午睡起身，盥洗饮茶过后，你到窗口来，我等在天井的花坛旁边。"

我上楼，母亲已在盥洗室，等她一出，我便说陆先生有事要商谈，母亲以为仍旧是办年货送礼品的事，喃喃："总得像个过年。"

我开窗走上阳台，向兀立在雪中的陆先生挥手。陆先生满肩雪花地快步上楼，一反往常的寒暄多礼，开口便说：

“昨天就知道夏明珠女士被日本宪兵队抓去，起因是琴声，说是法国马赛曲，宪兵队长一看到她，就怀疑是间谍，那翻译缠夹不清，日本人故意用英语审问，她上当了，凭她一口流利的英语为自己辩护，加上她的相貌，服装异乎寻常的欧化，日本人认定她是潜伏的英美间谍，严刑逼供。夜里，更糟了，要污辱她，夏女士打了日本人一巴掌，那畜生拔刀砍掉了她的手，夏女士自知无望，大骂日本侵略中国，又是一刀，整只臂膊劈下来……我找过三兄弟，都逃之夭夭……她的尸体，抛在雪地里——我去看过了，现在是下午，等天黑，我想……”

我也去……陆先生想去收尸，要我母亲做主，我心里倏然决定，如果母亲反对，我就跪下，如果无效，我就威胁她。

我直视母亲的眼睛，她不回避我的目光，清楚看到她眼里泪水涌出——不必跪了，我错了，怎会有企图威胁她的一念。

母亲镇静地取了手帕拭去泪水，吩咐道：

“请陆先生买棺成殓，能全尸最好，但事情要办得快。你去定好棺材，天一黑，多带几个人，先探一探，不可莽撞，不能再出事了。”

我相信陆先生会料理妥善，他也急于奉命下楼，母亲说：

“等着。”她折入房内，我以为是取钱，其实知道财务是由陆先生全权经理的。

母亲捧来一件灰色的长大衣，一顶乌绒帽：

“用这个把她裹起来，头发塞进帽里，垫衾和盖衾去店家买，其他的，你见得多，照规矩办就是。还有，不要停柩，随即葬了，葬在我家祖坟地上，不要平埋，要坟墩，将来补个墓碑。”

当时姐姐病重，母亲不许我告诉她，说：

“等你们能够外出时，一同去上坟。”

夏女士殓葬既毕，母亲要陆先生寻找那个希望作为我妹妹的女孩。

数日之后，回复是：已被卖掉，下落不明。

空房

山势渐渐陡了，我已沁汗，上面有座教堂，去歇一会，是否该下山了。

战争初期，废弃的教堂还没有人念及。神龛、桌椅都早被人拆走，圣像犹存，灰尘满面，另有一种坚忍卓绝的表情。那架钢琴还可弹出半数嘶哑的声音，如果专为它的特性作一曲子，是很奇妙的。

有什么可看呢，今天为什么独自登山呢，冬天的山景真枯索，溪水干涸，竹林勉强维持绿意。

穿过竹林，换一条路下山。

峰回路转出现一个寺院，也许有僧人，可烹茶——因为讨厌城里人多，才独自登山，半天不见人，哪怕是一个和尚也可以谈谈哪。

门开着，院里的落叶和殿内的尘埃，告知我又是一个废墟。这里比教堂有意思，廊庑曲折，古木参天，残败中自成萧瑟之美。正殿后面有楼房，叫了几声，无人应，便登楼窥探——一排三间，两间没门，垩壁斑驳，空空如也。最后一间有板扉虚掩，我推而赶紧缩手——整片粉红扑面袭来，内里的墙壁是簇新的樱花色。感觉“有人”，定睛搜看，才知也是空房，墙壁确是刷过未久，十分匀净，没有家具，满地的纸片，一堆堆柯达胶卷的空匣。我踩在纸片上，便觉着纸片的多了，像地毯，铺满了整个楼板。

一、粉红的墙壁，不是和尚的禅房。

二、一度借住于此的必是年轻人。也许是新婚夫妇。

三、是摄影家，或摄影爱好者。

四、是近期住于此，是不久前离开的。

这些判断，与战争、荒山这两个时空概念联系不起来，战争持续了八年，到这里来避难？有雅兴修饰墙壁，玩摄影？山上吃什么？无钱，住不下去，有钱，岂不怕遭劫？雷马克似的战地鸳鸯也不会选择这么一个骇人的古寺院。

我捡起纸片——是信。换一处捡几张，也是信。这么多的信？页数既乱，信的程序也乱，比后期荒诞派的小说还难琢磨。然而竟都是一男一女的通款，男的叫“良”，良哥，我的良，你的良。女的叫“梅”，梅妹，亲爱的梅，永远的梅。所言皆爱情，不断有波折，知识程度相当于文科大学生。

我苦恼了，发现自己坐在纸堆上被跳蚤咬得两腿奇痒难熬，那么多的跳蚤，更说明这里住过人。我被这些信弄得头昏脑涨，双颊火热——橙红的夕阳照在窗棂上，晚风劲吹枯枝，赶快下山才是道理。

检视了墙面屋角，没有血迹弹痕。窗和门也无损伤。所有的胶卷匣都无菲林。全是信纸，不见一只信封。是拍电影布置下的“外景”？也不对，信的内容有实质。我不能把这些信全都带走，便除下围巾扎了一大捆，又塞几只胶卷匣在袋里。急急下楼，绕寺院一周，没有任何异象。四望不见村落人家，荒凉中起了恐怖，就此像樵夫般背了一大捆信下山了。

连续几天读这些信，纷然无序中还是整出个梗概来：良与梅相爱已久，双方家庭都反对，良绝望了，屡言生不如死，梅劝他珍重，以前程事业为第一，她已是不久人世的人——其他都是浓烈而空洞的千恩万爱。奇怪的是两人的信尾都但具月日，不记年份，其中无一语涉及战祸动乱，似乎爱情与时间与战争是不相干的。毕竟不是文学作品，我看得烦腻起来。

又排列了一下：

一、假定两人曾住在这寺院中，那么离去时怎舍得剩下信件。

二、如若良一个人曾在这里，那么他寄给梅的信怎会与梅寄给他的信散乱在一起。

三、要是梅先死，死前将良给她的信悉数退回，那么良该万分珍惜这些遗物，何致如此狼藉而不顾。

四、如果良于梅死后殉了情，那么他必定事前处理好了这些东西。岂肯贻人话柄。

五、倘系日本式的双双坠崖、跳火山，那么他总归是先焚毁了书信再与世决绝的，这才彻底了却尘缘。

六、除非良是遭人谋害，财货被洗劫，只剩下无用之物，那么盗贼怎会展阅大量的情书，而且信封一个不存?

七、要说良是因政治事件被逮捕，那么这些信件是有侦查上的必要，自当席卷而去。

当时我年轻，逻辑推理不够用，定论是：我捡到这些纸片时，良和梅是不在世界上了。后来我几次搬家，这捆信就此失落。我也没有再登山复勘这个现场。报纸上没有一件谋杀盗窃案中有“良”和“梅”和那个寺院的情节牵涉。名字中有“良”或“梅”的男女遇见很多，都显然与此二人情况不符。

时间过去了数十年，我还记得那推开虚掩的板扉时的一惊，因为上山后满目荒凉枯索的冬日景象，废弃的教堂和寺院仿佛战后人类已经死灭，手推板扉忽来一片匀净的樱红色——人：生活……白的淡蓝的信纸、黄得耀眼的柯达匣子，春天一样亲切，像是见到了什么熟友。

还有那些跳蚤，它们咬过“良”，也可能咬过“梅”，有诗人曾描写一个男人和一个女人的血，以跳蚤的身体为黑色的殿堂，借此融合，结了婚，真是何等的精致悲惨——我的血也被混了进去，我是无辜的，不是良和梅的证婚人。

为了纪念自己的青年时代，追记以上事实。还是想不通这是怎么一回事——只是说明了数十年来我毫无长进。

芳芳 NO.4

芳芳是侄女的同学，侄女说了几次，便带她来看我了。明显的羞怯，人也天生纤弱，与侄女的健朗成了对比。她们安于乐于对比，不用我分心作招待，要来则来，要去则去，芳芳也成了熟客。算是我非正式的学生，都学键盘，程度不低。

我是小叔，侄女只比我幼四岁，三人谈的无非是年轻人才喜欢的事。虽然男女有别，她们添置衣履，拉我一同去品评选择，这家那家随着转——这就叫作青年时代。

丁琰是男生，琴弹得可以，进步不快，每星期来上两课。爱了芳芳，我早就感觉到有这回事。

夏天侄女考取了中央音乐院，又哭又笑地北上了，芳芳落第，闲在家。说想工作。

芳芳仍旧时常来，不知是丁琰约她的，还是她约丁琰的。课毕，尽由他们谈去，我总有什么事够我小忙小碌的。

再到夏天，丁琰为上海音乐学院录取，我也快乐，他与芳芳做伴来，一起听音乐、做点心，不上课了，拉扯些新鲜掌故。侄女南归，住在我家，更热闹，谁也不知道芳芳不爱丁琰。

侄女对我说：

“其实并没有什么，她一点也不喜欢他。那些信，热度真高，越高越使芳芳笑，全给我看了。”

“不能笑，你们笑什么，我倒怪芳芳不好。以后你不可以看信。丁琰气质不错，也许，吃亏在于不漂亮，是吗？”

“问我？他又没有写信给我。”

“你们是不是笑他太瘦长，至少脖子太细？”

“好像你听见一样。芳芳是随便怎样也不会像丁琰想的那样的。”

平心而论，芳芳也不漂亮，也过分清癯，不知修饰，只是眉眼秀润——未免自视过高。

丁琰确是因为明悉了芳芳的全然无情而病了，病起之日，对我说：

“一场梦，不怨也不恨，上了想像力的当。”

我很喜欢他的朗达，夸奖道：

“教过你钢琴，没教过你这些，无师自通，到底不是十九世纪的夜莺了。”

我的话，反使他双目滢然，可见他是真的单独爱了好一阵——使我想起自己的某些往事。

不知芳芳要避开丁琰还是急于独立生活，她也去京城，进了某家出版社当校对。丁琰很少来，我家显得冷清。另有些客人，是另一回事。

常有芳芳的信，信封信笺精美别致，一手好字，娟秀流利，文句也灵巧，灵巧在故意乱用成语典故，使意象捉摸不定，摇曳生姿。如果不识其人，但看其信，以为她是个能说会道的佳人。如果这些俏皮话不是用这样的笔迹来写，一定不会如此轻盈。什么时候练的字？与其人不相称，她举止颇多僵涩，谈吐亦普普通通，偏在信上妙语连珠。我回信时，应和她的风调，不古不今，一味游戏。好在没有“爱”的顾虑。我信任“一见钟情”，一见而不钟，天天见也不会钟。丁琰来时，问起芳芳，把信给他看，一致评价她的好书法。

信来信往，言不及义的文字游戏，写成了习惯似的。某年秋天，我应邀作钢琴演奏比赛的评判，便上了京城，事先致函侄女和芳芳，不料即来复示，各要代购春装冬装，男人去买女装已是尴尬，尺寸不明，来个“差不多”买下带走便是。

当她俩试穿时，居然表示称心如意。我说：

“以后别叫我办这种事。”

评判的事呢，做个听众还不容易，大家说好，我就点点头，说差劲，我又点头，反正我的学生都没来参加比赛，我完全“放松”，背地里有人说我稳健持重，城府深——他们没有看见我和侄女、芳芳，三小无猜，大逛陶然亭儿童公园，坐滑梯，荡秋千之后，吃水饺比赛，我荣获第一名。

那年在京城，别的都忘个冥冥蒙蒙，只记得当时收到一封本埠信，芳芳的，其中有句：

“想不到昨天你戴了这顶皮帽竟是那样的英俊！”

很不高兴她用这种语调来说我，所以后来见面，换了一顶帽子。

没有中断通信，不过少了，而且是从安徽寄来的，芳芳下放到农村去劳动，字里行间，不见俏皮，偶然夹一句“似水流年，如花美眷……”我笑不出，我在城市中也无非是辛苦逐食，哪有闲情逸致可言。这样又是两年过去。

芳芳家在上海，终于可以回来度春节，似乎是延期了。一个下午，突然出现，说是到家已一个多星期。她不奇怪，我可奇怪得发呆——换了一个人？我嘴里是问长问短，眼和心却兀自惊异她的兴旺发达，肤色微黑泛红，三分粗气正好冲去了她的纤弱，举止也没有原来的僵涩，尤其是身段，有了乡土味的婀娜。我这样想：长时的劳作，反使骨肉停匀，回家，充足的睡眠、营养，促成了迟熟的青春，本是生得娇好的眉目，几乎是顾盼晔然，带动整个脸……无疑是位很有风韵的人物。我们形成了另一种融洽气氛，似乎都老练得多。她言谈流畅，与她娟秀流利的字迹比较相称了。

她是不知道的，我却撇不开地留意她的变化，甚至不无遗憾地想：如果当年初次见面，就是这样的一个人……

在爱情上，以为凭一颗心就可以无往而不利，那完全错！形象的吸引力，惨酷得使人要抢天呼地而只得默默无言。由德行，由哀诉，总之由非爱情的一切来使人给予怜悯、尊敬，进而将怜悯尊敬挤压成为爱，这样的酒醉不了自己醉不了人，这样的酒酸而发苦，只能推开。也会落入推又推不开喝又喝不下的困境。因此，不是指有目共睹，不是指稀世之珍，而说，我爱的必是个有魅力的人。丑得可爱便是美，情侣无非是别具慧眼别具心肠的一对。甚至，还觉得“别人看不见，只有我看得见”，骄傲而稳定，还有什么更幸福。

我迅即趋于冷静。相识已五年，尽管通过许多言不及义的俏皮信，芳芳的心向我是不知究竟的，只看到她不虚伪，也不做作。但淡泊、胆怯、明哲保身，是她的特征。我曾几次去过她家，感到她对父母、弟妹，都用二分之一四分之一的心。她对音乐、文学，也懒散、游离——与其说她从不做全心全意的事，不如说上帝只给她二分之一四分之一的心。这个小小的宿命论，也就使我平下来，静下来。

本埠信——芳芳的老作风，善于说话贴邮票的。

这信……重读一遍，再读一遍，从惊悦到狂喜。结束时，她写道："……即使不算我爱你已久，但奉献给你，是早已自许的，怕信迟到，所以定后天（二十四日），也正好是平安夜，我来，圣诞节也不回去。就这样，不是见面再谈，见面也不必谈了，我爱你，我是你的，后天，晚六点正，我想我不必按门铃。"

以我的常规，感到有伤自尊，她就有这样的信念，平安夜圣诞节一定是赋予她的？她爱我，不等于我爱她。我岂非成了受命者。赴约，她是赴自己的约，说了"我是你的"，得让我也说"我是你的"，就不让我说？就这样？

当时全没有意识到这些，只觉得事出非常，与我多年来认知的芳芳显然不符，她矜持、旁观。不着边际、怕水怕火，凡事浅尝即止——骤尔果断炽烈、大声疾呼……这些疑惑反而强化了我的欢庆，我状如胜利者，几乎在抱歉了，我有什么优越性使她激动如此？

分别婉谢了其他朋友的圣诞邀请。清理客厅卧房浴室，所谓花、酒、甜品、咸味……

是六点正，是她，是不必按门铃。

并未特别打扮，眼神、语气、笑容，一如往常，所以这顿晚餐也澹静无华，茫然于晚餐之后谈什么，就像是饮茶抽烟到深夜，照例送她上车回家。

亚当、夏娃最初的爱是发生于黑暗中的吗，一切如火如荼的爱都得依靠黑暗的吗，当灯火乍熄，她倏然成了自己信上所写的那个人，她是爱我的，她是我的，轻呼她的名，她应着，多唤了几声，她示意停止，渴于和她说些涌动在心里的话；然而她渴于睡……其实直到天色微明，都没有睡着过，我决意装作醒来，想谈话，她却起身了。

从浴室出来，她坐在椅上望着长垂的窗帘。

我迅速下床，端整早点，又怕她寂寞，近去吻她，被推开了。

一点点透过窗帘的薄明的光也使她羞怯么，我又偎拢——她站起来：

“回去了。”

这时我才正视她冷漠的脸，焦虑立即当胸攫住我：

“不要回去！”

“回去。”

“……什么时候再来？”

她摇摇头。

“为什么？”

“没什么。”

“我对不起你？”

“好了好了。”

也不要我送她，径自开门，关门，下楼。

圣诞节早晨六时缺五分。

能设想醉后之悔厌，或醉醒后一时之见的决意绝饮。我不以为她的幸福之感是荒诞无稽，也不以为她错了或我错了，即使非属永约，又何必绝然离去。

两天无动静，去她家，说回安徽了，这是明的暗示。春节后，知道她已北上。不知是谁告诉我的。

我没有得到什么。她没有失去什么。她没有得到什么。我没有失去什么，最恰当的比喻是：梦中捡了一只指环，梦中丢了一只指环。

是个谜，按人情之常，之种种常，我猜不透，一直痛苦，搁置着，猜不下去。

因为猜不下去才痛苦……再痛苦也猜不下去——是这样，渐渐模糊。

大祸临头往往是事前一无所知。“十年浩劫”的初始两年，我不忍看也得看音乐同行接二连三地倒下去，但还没有明确的自危感——突然来了，什么来了？不必多说，反正是活也不是死也不是的长段艰难岁月。我右手断两指，左手又断一指——到此，“浩劫”也算结束。又坐在什么比赛的评判席上。是“否极泰来”的规律吗，我被选为本市音乐家协会的秘书长，陡地宾客盈门，所见皆笑脸，有言必恭维。家还是住在老地方，人还是一个，每天还是有早晨有黄昏。

黄昏，门铃，已听出芳芳的嗓音——十四年不见。

头发斑白而稀薄，一进门话语连连，几乎听不清说什么，过道里全是她响亮的嗓音，整身北方穿着，从背后看更不知是谁。引入客厅，她坐下，我又开一盏灯，她的眉眼口鼻还能辨识，都萎缩了，那高高的起皱的额角，是从前所没有的。外面下着细雨，江南三月，她却像满脸灰沙，枯瘦得，连那衣裤也是枯瘦的。

她不停地大声说话，我像听不懂似的望着她高高的额角，有什么法子使她稍稍复原，慢慢谈，细细谈。

她在重复着这些：

“……要满十年才好回来，两个孩子，男的，现在才轮到啊，轮到我回上海……他不来，哈尔滨，他在供销社，采购就是到处跑，我管账，也忙，地址等忽儿写给你，来信哪，我找到音乐会，噢不，音乐协会去了，一回家，弟妹说你是上海三大名人，看报知道的，报上常常有你的名字，你不老，还是原来那样子，怎么不老的呢……就是嘛，要十年，不止十年了，安徽回去，不要了，到过长春沈阳，总算落脚在哈尔滨，大的八岁，小的六岁了，他要个女儿，我是够了，我妹妹想跟了来，我说上火车站……”

冲了茶，她不等我放在几上，起身过来接了去，北方民间的喝法，吸气而呷，发出极响的水声，而语声随之又起：

“你是三大名人，昨天，是昨天找到你协会，看门的把地址告诉我。其实我来过的，以为你早搬家了，我以为你在运动中早就死了，死了多少人哪，我也换了好几个地方，大连待过半年，你是一点不老，还是那样子，奇怪头发都不白，看门的说要找你得快，你马上要出国，是吗，英国？法国？还回来？我看你不回来了？你不老，昨天没有空，今天一天又买东西，我也就要走了，今儿晚上非得找到。到门口还担心，哎，茶，我自己来……”

想使她静下来，静下来才有希望恢复，给她沏茶，端盒糖果，找几本新版的琴谱，我个人的影集，题了字，延长“幕间休息”，希望她的思绪接通往昔的芳芳，也就是从前的我。可惜门铃作响，多的是不速之客，进来三位有头有脸的大男人。

芳芳收起我的赠物，把茶呼噜喝干：

“不打扰了，走了走了，真高兴，总算找到，我走了，你们请坐，请坐，走了。”

请她留个通信处，她是一边念一边解释，一边写的。

送她到楼下，门口，她的手粗糙而硬瘠，而走路的速度极快，一下子就在行人中消失，路面湿亮，雨已止歇。

等三位不速之客告辞，我才在灯下细看她的地址，有一点点从前的笔迹，只有我辨得出。

“奇遇”还要来，来的不是人，是信：

“这次能见到你，真是意外，我一直以为你早已被迫害而死，我想，回到上海，家里人会告诉我有关你的消息，不用问，他们会说的。哪知你还在，还不见老，我真是非常高兴，真是不容易的，能活下来，也就不必去多想了，保重身体。

这次我买了船票，到大连再转火车，安静些也便宜些。好久不见海了，这渤海虽然不怎么样，也辽阔无边，一人站在甲板上，倚栏遥望，碧浪蓝天，白鸥回翔，我流下眼泪，后悔当初是这样地离开你，后悔已来不及，所以我更深地后悔，第一次流泪之后，天天流泪。

你到了外国，能写信给我吗？谢谢你给我的影集，其中还有我们在北京玩闹的照片。谢谢你给我的曲谱，我居然还读懂一些，你写得真好，很想在琴上并出来听听。

如果以后你回国，也请告诉我，知道了就可以了，不会打扰你的。如果你以后到哈尔滨，那请来看看我们一家。

异国异乡，多多保重身体！祝你万事如意！”

她在信封、信纸的末尾，又写了详细的地址，实在是诧异，说话已经这样猥琐唠叨，怎又写出这样的信来，字迹，那是衰败了，信纸是供销社的粗糙公笺。

去国前夕，曾发一信，告知启程日期，所往何国。那不谈比谈更清楚的一切，我没有谈，只说：

“我也非常高兴能重见你，感谢你在天海之间对我的怀念和祝福。我自当回来，会到哈尔滨一游，以前曾在哈尔滨住过半月，‘道里’比‘道外’美，松花江、太阳岛更是景色宜人，告诉你的两个可爱的儿子，有个大伯要见见他俩，一同去芦苇丛里打野鸭子……”

在宴会、整装、办理手续的日夜忙碌中，芳芳的信使我宁静……已不是爱，不是德，是感恩心灵之光的不灭。无神论者的苦闷，就在于临到要表陈这种情怀时，不能像有神论者那样可以把双手伸向上帝。我却只能将捧出来的一份感恩，仍旧讪然纳入胸臆——没有谁接受我的感恩。

“奇遇”还有，来的不是信，是一阵风——参观了伦敦塔后，心情沉重，我一直步行在泰晤士河边，大风过处，行人衣发翻飘，我脑中闪出个冰冷的怪念头：

——如果我死于“浩劫”，被杀或自杀，身败名裂，芳芳回来时，家里人作为旧了的新闻告诉她——我的判断是：

她面上装出“与己无关”，再装出“惋惜感叹”，然后回复“与己无关”。

她心里暗暗忖量：“幸亏我当时走了，幸亏从此不回头，不然我一定要受株连，即使不死，也不堪设想——

我是聪明的，我对了，当时的做法完全对了——好险！”

这个怪念头一直跟着我。

久居伦敦的一位中国旧友，曩昔同学时无话不谈，他是仁智双全的文学家，老牌人道主义者。一日酒到半醉，我把前后四个芳芳依次叙述清楚，细节也缜密不漏，目的是要他评价我在泰晤士河畔的风里得来的怪念头——他一听完就接口道：

“你怎么可以这样想！”

静默了片刻，他说：

“明天，明天再谈。”

我笑：

“为什么要到明天，今夜准备为我的问题而失眠？翻那些参考书？”

他也笑：

“把我搅混了，你和芳芳，都是小人物，可是这件公案，是大事。你说蒙田，蒙田也一时答不上，我得想想，怕说错。”

第二天在咖啡店见面，我友确实认真，开口即是：

“你想的，差不多完全是对的！”

他的嗓音高，惊扰了邻座的两位夫人，我赶紧道歉。文学家说：

“你只会道歉，我倒想把这段往事讲给她们听听呢。”

“嘘——欧洲人对这些事是无知的。”

地下室手记

伊丽莎白·贝勒笔记摘录

2000年9月29日。艾莱克斯昨天交给我一项工作：耶鲁大学、芝加哥大学和罗森科兰兹基金会联合筹办一位七十岁中国艺术家的画展，让我去拜访他，不是为了他的绘画，而是了解他的一部手稿的背景，作为画展的辅助部分。这部手稿难以归类，可算作小说和回忆录之间的作品，属艺术家私人所有，暂存基金会。我看过了原件。

直观之下，某种旧时的粗质信笺上，密密麻麻写着极小的字，纸的两面都书写，钢笔字渗过纸背，字迹模糊，年代久了难以辨认。作品没有分页，也没有分章节。我的汉语有限，还是读了几段（有些段落可以辨认），被吸引了。普鲁斯特式的散文小说？是，又不是。有太多的疑问。数了数，手稿共六十六页，两面就是一百三十二页。写于1971年，地点是上海某个用作囚禁犯人的防空洞。看样子，要尽快草拟访问计划了。

10月18日。今天正式访谈。他，亲和而幽默，文质彬彬的顽童，一眼看出我有意大利血统。我告诉他，我的外祖母来自佛罗伦萨。我们谈到但丁、列奥纳多……很快就发现，我们西方人对那一段中国的历史反而所知甚少，近乎无知。初拟的计划里我原本想提及：马克·吐温《老实人的旅行》里一些狱中写作的故事；拜伦的《锡朗的囚徒》；柯勒律治的《地牢》；还有巴士底狱、伦敦塔、太息桥，以此唤醒这位中国艺术家的狱中记忆。这些，几乎没有用。和他谈话不久我意识到：他被单独囚禁在防空洞里十月有余是事实，但他“入狱”的所有情况超出我的想像。比如，没有经过法律程序，没有法庭，没有起诉，没有判决，甚至没有正式的逮捕。谁给他定罪又把他关押的？某某“宣传队”。这是什么机构？为什么有如此的权力？他耐心给我解释，我还是不甚了了。需要增加一个调研的课题了。中国人把那个十年称为“浩劫”（大灾难，Great Catastrophe），被随意关押的人到处都有，罪名，汉语里有个说法叫“莫须有”。“浩劫”规模很大，涉及关他的地牢，细节已经不可思议：囚禁他的防空洞潮湿至极，早上起来用手在床板上刮一把，全是水；夏季他也必须穿厚厚的棉裤；每天两次放风，有两小时可以见到阳光，呼吸外面的空气。此外的时间，全在黑暗里，达十月之久；一盏 15 瓦的电灯是唯一的照明；每天必须写“交代材料”，纸、钢笔、墨水都是关押他的人提供的；他偷偷留下来一些写他的作品。本来是弹钢琴的手，被打断了两根手指，等等。

为什么写这部作品？他说为了活下来。我背出柯勒律治《地牢》里的两句：“这是没有宽慰/也没有朋友的孤寂，呻吟加苦泪。”他笑答：“孤寂，有。呻吟，没有。我有朋友的，古今的艺术家和我同在，艺术对我的教养此时就是生命意志，是我的宽慰。外面的世界疯了，我没有。……‘浩劫’中多的是死殉者，那是可同情可尊敬的，而我选择的是‘生殉’——在绝望中求永生。”有那么多过去的艺术家和他在一起，他有时会忘了身在地牢。他向我提议：手稿不用《狱中手稿》做题目，改作《地下室手记》。在地牢的时候，他常想像自己是陀思妥耶夫斯基的地下室人。最后，他同意从几十万字里挑选出五个小段，由我译成英文。其他的怎么办？“我的这部手稿已难以解读，不希望得到解读。文字失去了意义，有什么可怕呢，也许倒是可祝贺的。”

名优之死

我现在反而成了圣安东尼，地窖中终年修行，只要能拒绝内心的幻象的诱惑，就可清净一段时日，明知风波会再起，刑役还将继续，未来的我，势必要追忆这段时日而称之为嘉年华。摆在我眼前的是一瓶蓝黑墨水，一只褐色的瓷烟缸。墨水及其瓶子是官方给的，属于公家财产，社会主义性质。烟缸原系一套英国制造的咖啡饮具中的糖缸，我自己带来的，故作资本主义性质论。初入地窖时每日抽掉一包烟，近期减为半包。火柴，在点着烟卷后，一挥而熄，我发觉这是可以藉之娱乐的，轻轻把它竖插着烟缸的灰烬中，凝视那木梗燃烧到底，成为一条明红的小火柱……忽而灰了，扭折，蜷曲在烬堆里——几个月来我都成功地导演着这出戏，烟缸像个圆剧场，火柴恰如一代名优，绝唱到最后，婉然倒地而死……

路人

……我喜欢看路人，正在路上走着的男男女女，沉默，脸无表情，目不旁视。走在路上的人都很自尊，稍有冒犯便会发怒，看起来潇洒裕如，内心却本能地有所戒备。走在路上，意思是正处于“过渡”之中——已做了一件事，或将去做一件事，也许是同一件事分两处来做，如此则在已做和将做之间，善非善，恶非恶，故路人是不能确定为善者恶者的，可说是最概念性的“人”。当他（她）遇着了相识者，招呼、止步、交谈，便由概念的人急转为特定的有个性的人，再当彼此分别时，又各自迅速恢复为“路人”。要去做的可能是坏事可能是好事，或者，刚做了好事做了坏事，那末走在路上的也已经不是当事人，就难说其好坏了——自从我被禁囚之后，再也不得见我喜欢看的路人，本来，我与世界的干系已遭贬黜到道路以目的最低度，我没有亲戚朋友足以缅怀，思念的只有“路人”，不断地走在大街小巷中，超乎善恶好坏的男男女女，他们（她们）先前的和后来的善恶好坏，是我所不知的，是与我无关的。

小流苏

……青年对生活的绝望，中年对生活绝望，何者更悲恸，看起来是青年人尤甚，其实是中年人才心如死灰，再无侥幸之想。因为生命的前提是“希望”，意识的希望被摧毁后，尚有下意识的希望在，这是人的生命与动物的生命之不同，动物的绝望是本能的生理的断念，而人的绝望是知性的自觉的终极判断，年青人毕竟还多动物性，人渐渐老去，蜕化为纯粹的“人”，他已明瞭绝望之绝，绝在什么要害上。我无幸生在十九世纪，只是在图片上看到囚禁莱蒙托夫的房间，有圆桌，铺着厚实的桌布，乳白的玻璃罩台灯，一个铜茶炊，两把高背椅，诗人即犯人者身穿军服，可以接待访客，如别林斯基等——倘若我与莱蒙托夫同时空，我何致以落到这污水流溢的地窖里，我深深为莱蒙托夫庆幸，那俄罗斯风情十足的茶饮，那桌布边缘成排的小流苏……

谁能无所畏惧

……“我还没有像在音乐中所表现的那样爱过你呢”——忽然我想起了这句话，身处牢狱，无法找到华格纳的原文，意思总归是这个意思。音乐是一种单凭其自身的消失而构成的艺术，故在原旨深底最近乎“死”。四十岁以前我没有写回忆录的念头，虽然觉得卢骚的最后几篇“散步”倒还是好的，屠格涅夫薄薄一本《文学回忆录》，以为不必读，读起来津津有味，自己呢，仍然矢守福楼拜的遗训：“显示艺术，隐退艺术家。”一旦政治、经济、爱情、艺术诸方面并发了灾劫，状况悲惨到了滑稽的程度，以柔岂能克刚，结果是驱入地下，这等于说：你不抵抗也得抵抗（求生，免死），马雅可夫斯基是被逼得走投无路才自戕的，临死还假装是失恋，什么“爱情的小船撞上了生命的礁石”，他，既非集体主义又非个人主义，如果是彻底的个人主义就无所畏惧了。对于世界，也可以套用华格纳的这句话：我还没有像爱音乐那样地爱过你呢。

幸福

“人为什么会是波斯人呢”——孟德斯鸠这一问可问得好。梅里美也要问“人为什么会是西班牙人呢”，而去了西班牙，写出三篇书简（斗牛，强盗，死刑），一腔疑惑涣然冰释。我还要问什么，只以为“幸福”是极晦涩以致难付言传的学殖，且是一种经久磨练方臻娴熟的伎俩，从古埃及人的脸部化妆，古希腊人的妓女学校，古阿拉伯人的卧房陈设，古印度人华丽得天老地荒的肢体语言，人类或许已然领略过并操纵过“幸福”。史学家们粗鲁匆促地纂成了“某某黄金时代”，“某某全盛时期”，但没有纪录单个的“某幸福人”——因为，能知幸福而精于幸福的人是天才，幸福的天才是后天的天才，是人工训导出来的天才，尽管这样的表述不足达意万一，我却明明看到有这样的一些“后天的天才”曾经在世上存身过，只是都不肯写一帖《幸福方法论》，徒然留下几道诡谲的食谱，烟魅粉灵的小故事，数句慈悲而毒辣的格言，其中唯伊壁鸠鲁较为憨厚，提明“友谊，谈论，美食”三个快乐的要素，终究还嫌表不及里，甚至言不及义，那末，能不能举一则眼睛看得见的实例，来比仿“幸福”呢，行，请先问：“幸福”到底是什么个样子的？答：像塞尚的画那样子，幸福是一笔一笔的……塞尚的人，他的太太，是不幸福的。

西邻子

童年的相片，童年的相片到后来就珍贵了，任何人的童年的相片，与成年的相片并摆着，便可以徐徐徐徐看出这个孩子乃是这青年，乃是这个中年老年人，感知的过程是魔幻的。也有极少的例外，终于无法指认，或因观者目力不济之故。

自己所钟爱的人的童年的相片，同样很有意思，那时，孩子时，谁也不认识谁，怎知会遇见你啊，“你啊”。假如儿时已成伴侣，相片也同样逗趣，说：从前就是这个样子的，你记不得了，我记得。

少年人对自己童年的鳞羽是不在怀的，浪荡到四十岁，我才检出孩时的留影，与父母的遗容，置于一个乌木扁匣中。有时开匣，悼念双亲，自己童年的模样毋庸端详，徒然勾起那段时日的阴郁、惶惑、残害性的寂寞。

姊姊比我大十龄，姊夫比姊姊大四龄，所以其他的亲眷相继丧亡失散后，唯有姊姊姊夫偶尔会提起，提起童年的我，似乎是精灵活泼的，我觉得无非是借此埋怨我成长以来变得迟钝冷漠，所以这些追认性的赞美，不能减淡我对自己的童年的鄙薄。

讵料在一场历时十年有余的火灾中，这些相片被烧掉了。

火灾稍戢，有朋友为我的幸存而设生日宴，设在她家，因为我没有家，她的家也是破后重新收拾起来的。壁上挂着一帧放得很大的孩子的相片，我说：

“你吧？”

“是，六岁时照的。”

“可爱极了，很像。”

心里忽然充满自己的往事，一个人，寒伧得连童年的相片也没有，靠解释就更像是弃婴孤儿的遁词了。

自从姊姊殁后，可知的同辈亲属只剩姊夫，住在市郊的小镇上，去探望他，得渡一条江，再车行十里。他家的西邻有个孩子，威良，每次总引我注视，惘然了几度，不禁问姊夫：

“你看威良有点像谁？”

“像谁，像你，我早想说，真像你小时候！”

是希望由姊夫来证实我的感觉，不防他说得那么肯定，我讪然而辩：

“一点点像，我是丑小鸭，威良俊秀……”

姊夫笑道：

“就是像，简直与你小时候一模一样，脸，像，表情，也像，人家看你时你不看人家，人家不看你时你看人家……”

“谁都这样的呀？”

“哪里……你看人的眼光是很特别的，威良也就是特别。”

此后，一见西邻的男孩，我羞愧忐忑，而且真是但求威良不留意我，让我静静观察他。孩子十分机敏，借故回避我，偶尔相值，他臊红了脸，我说不上半句话。只有姊夫乐于作见证，不断回忆出相似的微妙处，而且对威良宠渥备至，常在我面前夸奖他，我听着，含笑不语，因为如果附和，岂非涉嫌自我溢美。

凡是得暇渡江去探望姊夫，便悄然想起邻家的孩子，如果为他摄些相片，由姊夫选出其中酷肖于我的，以此充作我的童年留影——这个怪念头初闪现时，我暗喜不止，如此就更足以蔑视那场大火灾，毁灭不了不该毁灭的，接着，却一层层忧悒下去，时代不同，服式发型的差异太大。而且我怎能将这个意愿向威良说明白……

怪念头时而泛起时而沉没，光阴荏苒，愿望渐渐减弱成——请姊夫为我与威良合影，等于一个人把自己的两个时期的相片并拢来，我可磊落声称：这是我和小友威良，据说他很近似我童年的模样——但他肯与我合影吗，小孩对成人有着天然的敌意，我一直记得。

某日晴好，又是春天又是安息日，长久没有渡江了。

小镇景物依然，却不无生疏之感，这几年姊夫退休后，会面都在城市，他说人老去，有时反而想看看热闹，我们就饮于繁华区的酒家，其实他也是重温旧梦，遇事豁达大度，平时却又十分讲究细节。他抄给我新址时还画了地图，这小镇我还不是了如指掌么。

姊夫由镇北迁到镇南，这幢新楼，我是初访，感觉是轩敞整洁得情趣索然，我的不速而至，使他分外兴浓，举止失措，语多重复，我怜恤他的老态可掬。

抽完一支烟，话题又转到新居旧居的比较，我问道：

“你搬来这里，那么威良他们还是住在老地方？”

“还是住在老地方。”

“最近见到过吗？”

“常见，他喜欢棋，一直在教他啊。”

“这可不像了，我从小不爱下棋。”

姊夫认输似的笑辩：

“哪有什么都像的事！”

“我想再看看他？”

“……会来，下午，今天是星期日，是吧！下午他总来的。”接着又自语：“叫他一声。”

姊夫拎了袋糖果，招呼走廊上的女孩去传话，我跟出房门，关照道：

"不要说，不要说我要见他。"

被姊夫回看了一眼：

"你还是老脾气，所以知道威良的小脾气。"

没多久使者转回，倚着门框边嚼糖边表功：

"威良，威良打算看了电影再来，现在他吃过午饭就来。"

她掏出电影票，晃一下，闪身不见了。

姊夫定要上酒馆，说有应时好菜，坐在临河的窗畔，柳丝飘拂，对岸的油菜花香风徐来，我陈述这个时浮时沉的宿愿，他认为：

"其实你太多虑，拍照小事情，单独拍他也可以，两人合照也可以，送他几张，他谢你呢。"

"……和平常不一样……我是想用他的相片，代替被烧掉的……将会印在书上……"

姊夫默然许久——我悔了，决定放弃这个怪念头。

他点一支烟，缓缓说：

"我想，这也无所谓合乎情理不合乎情理，威良与你仅仅是童年的面貌相像，其他，就会完全不同，我想，我想这种童年的照片，对于你，将来有用，对于他，将来未必有用……”

我苦笑：

“太‘良知’了，这样的判断，势利性很明显，拦劫别人的‘童年’，我宁可被归于育婴堂孤儿院出来的一类。”

姊夫目光黯敛，俄而亮起：

“不，这样，还是应该今天就拍摄，然后找高明的肖像画家，依据照片，换上三十年代的童装，那就是你了，记得你那时常穿大翻领海军衫，冷天是枣红缎袍嵌襟马褂法兰西小帽……”

双手比划着，老人的兴致有时会异样地富声色。

“吃菜吧……我只盼找回一个连着脖子的小孩的头。”

“更容易画！”

“不，‘人’，我要照片，不要画像，画像里的，是画家的化身，如果画家能画出不是他化身的纯粹画里的‘人’，那是个无聊的画家，他的画，我更不喜欢。”

应时好菜已半凉，加紧餐毕起身，怕小客人已等在楼下。

毕竟姊夫已臻圆通，回家的路上，我接受了他的主意：先拍摄，再斟酌。

小客人还未到，姊夫揩抹棋盘，爇枝奇南香插在胆瓶中，竹帘半垂，传来江轮的悠长的汽笛。

威良一进门，我的热病倏然凉退。

距离上次见到他，算来已过了三年，姊夫常与他相处，三年前的印象先入为主，以后的变化就不加辨别。

他们专注于棋局，我从容旁观，威良的眉目、额鼻、颐颡，与童年的我无一相似，这些不相似之点总和起来，便是威良，迥异的漂亮乡村少年，他将是安稳多福的。

一车十八人

我们研究所备有二辆车，吉普、中型巴士。司机却只有李山一个。

李山已经开了三年车，前两年是个嘻里哈啦的小伙子，这一年来没有声音了，常见他钻在车子里瞌睡，同事间无人理会他的变化，我向他学过开车，不由得从旁略为打听，知是婚后家庭不和睦——这是老戏，恋爱而成夫妻，实际生活使人的本性暴露无遗，两块毛石头摩擦到棱角全消，然后平平庸庸过日子，白头偕老者无非是这出戏。我拍拍李山的肩："愁什么，会好起来的，时间，忍耐一段时间，就好了。”他朝我看了一眼，眼光很暧昧，似乎是感激我的同情，似乎是认为我的话文不对题。

我渐渐发现《红楼梦》之所以伟大，除了已为人评说的多重价值之外，还有一层妙谛，那就是，凡有一二百人日常相处的团体，里面就有红楼梦式的结构。我们这个小研究所，成员一百有余两百不足，表面上平安昌盛，骨子里分崩离析，不是冤家不聚头，人人眼中有一大把钉，这种看不清摸不到边际、惶惶不可终日的状况，一直生化不已。于是个个都是脚色，天天在演戏，损人利己，不利己亦损人，因为利己的快乐不是时时可得，那么损人的快乐是时时可以得来全不费工夫的。

有时我叹苦，爱我的人劝道：“那就换个地方吧。”我问：“你那边怎么样？”“差不多，还不如你研究所人少些。”我笑道：“你调到我这边来，我调到你那边去。”——我已五次更换职业，经历了五场红楼梦，这第六场应该安命。

夏季某日上午，要去参加什么讨论会，十七个男人坐在中型巴士里等司机来，满车厢的喧哗，不时有人上下、吃喝、便溺……半小时过去，各人的私事私话似乎完了，一致转向当务之急——李山呢，昨天就知道今天送我们去开会的，即使他立刻出现，我们也要迟到了。

李山就是不来。

我会开车，但没有驾驶执照，何况这是一段山路，何况我已五次经历红楼梦，才不愿自告奋勇充焦大呢。

李山还是不来。

三三两两下车，找所长，病假。副所长，出差。回办公室冲茶抽烟，只当没有讨论会这回事。

李山来了——大伙儿弃烟丢茶，纷然登车，七嘴八舌骂得车厢要炸了似的。

“十七个等你一个，又不是所长，车夫神气什么，也学会了作威作福。”

“瞧他走来时慢吞吞的那副德性，倒像是我们活该，李山，你知不知道你是吃什么的！”

“我们给车钱，加小费，李山你说一声，每人多少——你罢工，怎么不坚持下去，今天不要上班嘛，坚持两星期就有名堂了。”

“记错了，当是新婚之夜了，早晨怎舍得下床，好容易才擘开来的。”

“半夜里老婆生了个娃娃，难产，李山，你是等孩子出了娘胎才赶来的吧？”

“我看是老婆跟人跑了，快，开车，两百码，大伙儿帮你活活逮住这婆娘，逮双的。”

李山一声不响。自从我向他学开车以来，习惯坐在他旁边的位子上。那些油嘴滑舌的家伙尽说个没完，我喊道：

“各人有各人的事，难得迟到一回，嚷嚷什么，好意思？”

“难得，真是难得的人才哪，谁叫我们自己不会开车，会开的又不帮李山的忙，倒来做好人了。”

竟然把我骂了进去。这些人拿此题目来解车途的寂寞，也因为平时都曾有求于李山，搬家、运货、婚事丧事、假日游览……私底下都请李山悄悄地动用车辆，一年前这个嘻里哈啦的小伙子肯冒风险，出奇兵，为民造福。近年来他概不理睬，大家忘了前恩记了新怨，今日里趁机挖苦一番，反正今后李山也不会再有利可用，李山是个废物，只剩抛掷取乐的价值。

“话说回来，不光脸蛋漂亮，身材也够味儿，李山眼力不错，福份不小，该叫你老婆等在半路，我这么拦腰一把，不就抱上车来了么，夏天衣裳少，欣赏欣赏，蜜月旅行。”

“结婚一年了，老夫老妻，蜜什么月。”

“我是说我哪，他老婆跟我蜜月旅行，老公开车，份内之事。”

哄车大笑。

“女人呀，女人就是车，男人就是司机，我看李山只会驾驶铁皮的车，驾驶不了肉皮的车。”

“早就给敲了玻璃开了车门了。”

哄车大笑。

十六个男子汉像在讨论会中轮流发言，人人都要卖弄一番肚才口才。我侧视李山，他脸色平静，涵量气度真是够的。

“闭上你们的嘴好不好，不准与司机谈话，说说你们自家的吧，都是圣母娘娘，贞节牌坊。李家有事没事，管你们什么事？”

一个急刹车，李山转脸瞪着我厉声说：

“我家有事没事管你什么事？”

我一呆：

“我几时管了？”

“由他们去说，不用你噜苏。”

他下车，疾步窜过车头，猛开我一侧的车门，将我拉了出来。

“你倒怪我了？”我气忿懊恼之极！

李山一跃进座，碰上门，我扳住窗沿，只见他松煞车，踩油门突然俯身挥拳打掉我紧攀窗沿的手，又当胸狠推了一把——我仰面倒地，车子一偏，加速开走了。

“李山，李山……”我仓皇大叫。

巴士如脱弦之箭——眼睁睁看它冲出马路，凌空作抛物线坠下深谷，一阵巨响，鸟雀纷飞……

我吓昏了，我也明白了。

心里一片空，只觉得路面的阳光亮得刺眼。

好久好久，才听到鸟雀吱唧，风吹树叶。

踉跄走到悬崖之边，从薮密密的深谷，没有车影人影，什么也没有。

……

不能说那十六个男人咎由自取。我要了解那天李山迟来上班的原因——能听到的是他妻子做了对不起李山的事，不是一桩一件，而是许许多多，谁也说不明说不尽，只有李山自己清楚。

同车人的啜泣

秋天的早晨，小雨，郊区长途公共汽车站，乘客不多。

我上车，选个靠窗的座位——窗下不远处，一对男女撑着伞话别。

女："上去吧，也谈不完的。"

男："我妹妹总不见得十恶不赦，有时她倒是出于好心。"

女："好心，她有好心？"用手掌在自己脖子上作刀锯状："杀了我的头我也不相信。"

……

男："肝火旺，妈的病是难好了的，就让让她吧。"

女："谁没病，我也有病。娘女儿一条心，鬼花样百出。"

男："……真怕回来……"

女："你不回来，我也不在乎，她们倒像是我做了寡妇似的笑话我。"

男："讲得这么难听？"

……

郊区和市区，一江之隔。郊区不少人在市区工作，周末回来度假，多半是喜气洋洋的。这对男女看来新婚不久，一星期的分离，也会使女的起早冒雨来送男的上车。凭几句对话，已可想见婆媳姑嫂之间的风波火势，男的无能息事宁人，尽管是新婚，尽管是小别重逢，烦恼多于快活——就是这样的家庭小悲剧，原因还在于婆媳姑嫂同吃同住，闹是闹不休，分又分不开。从二人苍白憔悴的脸色看，昨夜睡眠不足，男的回家，女的当然就要细诉一周来的遭遇，有丈夫在身边，嗓门自会扯高三分。那做婆婆、小姑的呢，也要趁儿子、哥哥在场，历数媳妇、嫂子的新鲜罪过，牵动既往的种种切切——为什么不分居呢，那是找不到别的住房，或是没有够付房租的钱。复杂的事态都有着简单的原因。

我似乎很满意于心里这一份悠闲和明达，毕竟阅人多矣，况且我自己是没有家庭的，比上帝还简单。

快到开车的时候，他二人深深相看一眼，男的跳上车，坐在我前排，女的将那把黑伞递进车窗，缩着脖子在雨中奔回去了。

那人把伞整好，挂定，呆了一阵，忽然扑在前座的椅背上啜泣起来……

同车有人啜泣，与我无涉。然而我听到了那番话别，看到了苍白憔悴的脸，妄自推理，想像了个大概，别的乘客不解此人为何伤心，我却是明明知道了的。

并非我生来富于同情，我一向自私，而且讲究人的形象，形象恶俗的弱者，受苦者，便很难引起我原已不多的恻隐之心。我每每自责鄙吝，不该以貌取人；但也常原谅自己，因为，凡是我认为恶俗的形象，往往已经是指着了此种人的本心了。

啜泣的男人不是恶俗一类的，衣履朴素，脸容清秀，须眉浓得恰到好处，中等身材，三十岁不到吧。看着他的瘦肩在深蓝的布衣下抽动，鼻息声声凄苦，还不时长叹、摇头……怎样才能抚及他的肩背，开始与他谈话，如何使母亲、妹妹、妻子，相安无事……会好起来，会好起来的。

先关上车窗，不是夏天了，他穿得单薄。

啜泣声渐渐平息，想与他谈话的念头随之消去。某些人躲起来哭，希望被人发现。某些人不让别人找到，才躲起来哭。这两种心态，有时也就是同一个人、在不同的情况下表现的。

提包里有书，可使我息止这些乏味的杂念。

是睡着了，此人虚弱，会着凉致病，脱件外衣盖在他肩背上……就怕扰醒了，不明白何以如此而嫌殷勤过分……坐视别人着凉致病……扰醒他又要啜泣，让他睡下去……这人，结婚到现在，休假日都是在家庭纠纷中耗去的……这是婚前没有想到的事……想到了的，还是结了婚……

岂非我在与他对话了。

看书。

……

将要到站，把书收起，正欲唤醒他，停车的一顿使他抬起头来——没有忘记拿伞。下车时我注视他的脸——刚才是睡着了的。

路面有了淡淡的阳光，走向渡江码头的一段，他在前面，步态是稍微有点摇摆的那种型。他挥动伞……挥成一个一个的圆圈，顺转，倒转……吹口哨，应和着伞的旋转而吹口哨，头也因之而有节奏地晃着晃着……

是他，蓝上衣，黑伞。

……

渡江的轮船上站满了人，我挤到船头，倚栏迎风——是我的谬见，常以为人是一个容器，盛着快乐，盛着悲哀。但人不是容器，人是导管，快乐流过，悲哀流过，导管只是导管。各种快乐悲哀流过流过，一直到死，导管才空了。疯子，就是导管的淤塞和破裂。

……

容易悲哀的人容易快乐，也就容易存活。管壁增厚的人，快乐也慢，悲哀也慢。淤塞的导管会破裂。

真正构成世界的是像蓝衣黑伞人那样的许许多多畅通无阻的导管。如果我也能在啜泣长叹之后把伞挥得如此轻松曼妙，那就好了。否则我总是自绝于这个由他们构成的世界之外——他们是渺小，我是连渺小也称不上。

静静下午茶

这幢屋子长久没有年轻人出现过了，我来之后，姑妈以明智的劝导限制我的社交范围，我能安之若素，因为终究不是修道院，我将重归年轻人的世界，有一天，这幢屋子将会是年轻人世界的一部分。

客人愈见稀疏，老夫妇也少出访。我想，互为宾主者，同时愈趋迟暮，做一次主，做一次宾，渐显得是严重的费神的事，能免则免了，大概是这样吧。

我想，姑妈姑父年轻时并不是孤僻的，从偶临之客的谈话中，听到许多姓名，谁迁居、谁增产、谁生了怪异的病、谁死之前还在做什么……夹杂在纷然往事的断面中，细节记忆十分清晰。据说年岁越高，对过去生活的追溯越远。不过，我注意到来客不论男的女的，总会犯一个失误——客人称赏男主人不见老，丰采依旧。忘了这样的花束应得先献给女主人，或者说：你俩都不见老，丰采依旧。

姑妈因此而妒忌自己的丈夫，时常冷然瞥他一眼，像陌生人的打量，她是在估测，别人说的，究竟有几分是实质，几分是恭维。

姑父颇自信，加上屡得的评鉴，似乎坚持不老是他的天职。十分整洁，家居亦修饰不懈，领带英挺，任何袜子都用吊带拉紧。最大的优势是不发胖，从前的服装仍可上身，就只裤腰必得以皮带束拢——然而在我的眼里，他是个衰象明显的保守派老绅士，与他同年的来客都已龙钟蹒跚，自叹不如之余，作一番雅谑也算解嘲。这些二次大战时代的年轻人，什么事都很认真，比我们认真。

道是五年前就开始节制饮食，姑妈的身材停止了变化，或许为时欠早——她停止在富泰相中，重归窈窕自不可能，而大局既已稳住，每月一两次下午茶是免不了的。

姑妈说：

“今天有谁来？”

“不会有吧。”姑父说。

“你要出去？”

“去哪儿，哪儿也不去。”

他说：

“你想到什么地方玩玩？”

“天气不好……好也不想。”

“长久没有户外活动了！”他为她找理由。

“每次外出，回来总是懊丧的。”她叹息。

“我也这样。”他附和。

“这领带好，新买的？”

“现在流行窄型，这不知是什么时候的了，好宽，少用它，与衬衫难配。”

“很早不也流行过窄的吗？”

“五十年代末，窄的。”他以拇指食指在胸前比个窄领带的样子。

姑妈自己也每天考虑如何穿着，有时会问："艾丽莎，现在流行什么了，我不想上时装店，你替我看看，衣橱中的这些，哪几件，与流行的款式比较接近？"

我很钦佩她的见地，时装确是周而复始的旧翻新，但制造商和设计师很刁钻，每次轮回都有所增删，使旧的冒充不了新的。所以我又怜悯起姑妈来，不过她也是在家赶时髦，未致贻笑于路人，就为她挑选出与流行的格调大略有共通之点的。她高兴，对着镜子笑道：

"真的吗？又时兴这个了，这还很早呢，我四十来岁时的呀！"

她有了先知先觉的幸乐，而且勉强还能穿上身，可见她很早已是非常丰满的了。

姑妈腰背正直地坐在客厅里，时装使她增加精神。她仍然要丈夫接收刚才的话题的暗示性：

"窄领带是否比宽领带要轻快些？"

"也许是的。"

"不结领带呢？"

这下姑父觉着了，连忙解释：

"习惯，领子松着反而不舒服！"

姑妈亦转而缓和气氛：

“那也是的，譬如衬衫袖子，单穿衬衫时，我不习惯看别人把袖子卷起来，要嘛，短袖，长袖这样，不雅观。”

“这像文法，那些人文法不通。”

看来以后姑父每天仍然可以结领带，讲究文法修辞。

姑妈转向我：

“我们有多少天没喝茶了？”

“十天吧。”

“今天呢？”

“好吧，我去准备，姑父？”

“好。”

偶一为之的下午茶，没有多大要准备，不过是看看瓷器、银器，糖是脱脂的，饼是苏打的，果酱一点点，牛奶一滴滴，使我苦笑的不是这些，而是等忽儿，必定要恭聆姑妈的那一段台词。

又是习惯，那习惯是不能把茶具全摆好了请女主人男主人就座，而是要对坐着，看我用盘子顺序端出来，分布停当，然后我装作不解事地问问：

“要不要奶油？”

姑妈摇头。姑父无言。

“一小片起司，好吗？”

“不。你要的话，我同意。”

这表示姑妈今天心情良好，奶油、起司，姑妈不过是要听听名字，追悼一下，小小的伤心便是甜蜜。我实际身份是佣仆、伴侣，未来身份是继承人，初到之际，时时刻刻处于紧张中，日子长了，一切显得容易对付，虽然他俩尚未立遗嘱。

下午茶快要结束，一阵静默，使喝茶嚼饼的闲适氛围退远，暮色转深，姑妈的声音暗中响起：

“那天，我记得是十月二十六日，空袭警报是下午一点开始的，三点，解除了，你是七点钟到家的，路上一小时，还有三个小时，你在哪里……”

姑父不动。

照例姑妈的脸上似乎有得到答案的信念，姑父的脸上似乎有作出答案的决心。暮色徐徐沉垂，这样的下午茶，这样的声音响过之后，暮色的转浓就特别使人在意，也可说是特别滞缓，姑妈不动，姑父不动，我不动……

姑妈稍一伸欠，姑父才变一变坐姿，我也不由得挪一挪手或脚。她家还有个陈规，客厅的灯，主人是不开也不关的，一定是叫：

“艾丽莎，请来开灯。”

“客厅的灯可以关了，艾丽莎。”

等候吩咐，所以一任暮色沦为夜色，她的侧影，他的侧影，鼻尖各有小点微光，神情已看不清。

“二十六日，那天是十月二十六日，下午的空袭警报是一点钟响起来的，快近三点就解除了，路上最多一小时，你回家已经是七点钟，那三个小时，你在哪里……”

肃静。

客厅全黑，银器暗淡无光。

“艾丽莎，请你把茶具收了。”

我如蒙赦般地活动起来，回厨房洗涤安置。杯盘难免碰触有声，觉得悦耳。我很爱惜这些古趣的物件，时常惊喜于它们的优雅细腻。

“艾丽莎，你好了没有……请来开灯。”

擦干手，开灯——好像开灯前的一切，是梦。

某日我们三人在园子里看工人刈草，爱闻青涩的草馨气，姑妈又嫌太沁人，使她皮肤发痒，回屋洗澡了。

我悄声问：

“那是什么年代呢？”

“什么？”

“空袭警报？”

“二次大战啊，四十、快五十年前。”

“刚结婚？”

“刚结婚。三天两天有空袭，不一定轰炸的。”

“警报解除后，你到哪里去了？”

“没有。”

“三个小时？”

“喏，这样的，如果下午有警报，只要是三点钟以后解除，就不用再上班了。有的人，一到下午就等声音响起来，躲进防空洞，老看表，怕三点不到就解除了。”

“你是七点钟才回到家的呀？”

“我从来都是下班就回家，天天这样，有空袭，只要警报一解除，如果不用再上班，就直接回家。”

“十月二十六日呢，四点到七点？”

“回家啊。”

“姑妈说你是七点才到的？”

“四点就到了。”

“怎么会呢？”

“清清楚楚的事，从防空洞出来，看表，三点缺几分，当然也不用上班了，正好搭着巴士，到家比平时还早些，后园的木栅坏了，看看该怎样修……”

“你修？”

“不，得请工人。”

“后来呢？”

“在书房放了皮包，转到客厅，没人，上楼，两个卧室也不见你姑妈。厨房浴间门都开着，地下室门关着，我想她出去了……”

“她是出去了？”

“她会去哪儿呢？她曾说要向后面邻家学做酸黄瓜，我去了，托贝小姐说是来过的，是昨天中午。托贝小姐又说詹姆斯先生家的哈利产了小狗，也许去看狗。我想不会的……”

“姑妈在？”

“没有啊，詹姆斯先生请我进屋看小狗，我觉得脏，没有说脏，我说我们不善养动物。詹姆斯先生提议一同去钓鱼，给我看各种渔具，我说我不抽烟斗，他说不抽烟斗与钓鱼没有多大关系，我认为鱼很难上钩，等好久好久，他说就是等的时候有趣……”

“后来你又到哪里去了？”我有意打断他。

“没有啊，后来看了些詹姆斯先生收藏的植物标本，有玻璃制作的摹拟品，简直和真的新鲜的植物分别不出来。还有蝶类，好几种我都从来没有见过，漂亮得简直不可能……”

“后来呢？”

“我回来。”

“大约几点钟？”

“大约……没看表，天快黑了。”

“姑妈呢？”

“她在前庭的廊柱边坐着，手很冷。”

“她问你了？”

“她说：你回来了？”

“你呢？”

“我说：回来了。”

“后来呢？”

“后来没说什么。”

“怎么没说什么呢？”

“是没说什么。”

“前几天还在问你呢？”

“你也不是首次听到，四十多年，每隔一阵，就问了。”

“怎么不回答？”

“起初，我想这有什么好问的，有什么好答的，就不响。不响，我想她就不会再问。后来，一次一次问多了，再回答，她会不相信，她会说：既然像你所讲的没有事，那么为什么以前不回答，到现在才回答——再叫我怎样说呢？”

“你也没有问她那天为什么不在家？”

“没问，我猜想她四点钟以前就在前廊等了，我从后园进，不知道。我也不知道。”

“以后呢？”

“以后？”

“我说，如果下次又问了，你是否就讲？”

“讲不清楚的！”

“你是否觉得这样的下午茶很难受？”

“难受，难受之极！”

“讲清楚，就不再折磨。”

“来不及了，讲不清楚的。”

“刚才你就讲得像今天发生的事一样，你的记忆力很好，不必等姑妈再问，你自己找她解释。”

“她不相信，她一定是不相信的，一定认为我这些年来都在构思说谎，托贝小姐、詹姆斯先生，一个蒙主召归，一个迁徙加拿大，可能也不在人世了，即使都活着，谁记得四十多前的十月二十六日下午四点之后，到七点之前，发生过什么事。”

“不要紧，不需要证人，你说了，就从此不再受难了！”

“你在旁也很难受吧？”

“也难受。”

刈草工人早已不在，草地平整如毯，我猛然担心姑妈会怀疑我和姑父议论她，急急回房，依迹象判断，姑妈浴后是需要小眠一会的，便蹑下楼梯，姑父问：

“她呢？”

“睡着了……最好明天有机会，你就说。”

翌日没有提起下午茶，如果由姑父提或我提，就会显得有预谋，更难使姑妈听信，甚而误会我与姑父串通、摆布她，那就要危及我的现状和前途。

我不再敦促姑父，一切顺其自然。没有姑妈在场，不与姑父谈话。

过了十多天，雨后新晴，上午下午鸟雀不停地鸣啭，我伸伸腰：

“天气真好！”

姑父看了我一眼。

姑妈在窗口眺望：

“艾丽莎，我们长久没有喝下午茶了。”

“前几天我买的曲奇是荷兰的。”

“还早，等一下我们喝茶，还是茶，不是咖啡。”

我回看姑父，他走出客厅，只见其背影，

我折至廊下，浴着阳光，独自凝想。

三个人中只有我在兴奋，姑妈不知道今天将证明她的丈夫是完全忠实无辜的，姑父要准备陈述的措辞，一定情绪紧张。而我，总还得但求平安地在这里待下去，不知要到何年何月才能反仆为主。他俩衰老，我也毕竟不年轻了，如果不再突然冒出个比我更合情合理的法定继承人，那么我的地位可以自信。我将养狗养猫，自己做酸黄瓜。上帝，宽恕我想得这么多。我为姑妈姑父祈祷，祝福两老健康长寿，我还没有钱，有了时，就去找本堂神甫，为恩人做弥撒……

“艾丽莎，你在准备了吗？”

“现在几点钟？”我戴着手表。

“四点。”

“那我就开始煮茶。”

也许是凑巧，姑妈今天气色特别好，姑父的稀发那是天天梳得一丝不苟，我本该换身衣裙，怕事后姑妈会联想起来，推理到我比她先知道了应是她早该知道的谜底。对于她是四十多年的严重心事，对于我则毫无意义。

银器擦得雪亮，玻璃清晶如新，三年来未曾损过一杯一盘。我这样竭力怂恿姑父“自白”，一是为了使姑妈终于宽怀，丈夫毕生没有对不起妻子的行径。二是为了使姑父取得免于困窘的自由。四十多年的悬疑，一旦开释，还其绅士本来面目。三是，我实在受不了这种沉默黑暗的压迫，姑妈可以也应该与丈夫单独相对时回顾前尘旧梦。我想，她是故意要个第三者在场，有利于营造气氛，我实在不愿再当这种配角，倒霉的配角。

姑妈姑父照例对坐在圆桌两边，我居下，上座空着，瓶花就移过去，茶具可以摆得舒畅些。忽然我担心姑妈今天不提问了，从此不再提了，好还是不好呢？不提，当然免于受难，可是这数十年的疑团没有机会涣然冰释，所以还是提好，今天提，如果今天不提以后提，姑父又会不动，不响，椅子坐在椅子上。

天色很亮，夜幕还远着，如果起了阵雨，就很快暗下来，但雨声嘈杂，姑妈会觉得不适宜付出她冷静的语调。

万一姑父还是不肯说，认为要开口解释这种毋须解释的事，太伤他的自尊心，那么，由我代言，能不能代言？姑妈会问：为什么要你代言？

“你说得不错，是很好……”姑妈嚼着饼说。

“什么不错？”姑父问。

我急收思绪，拈起一块曲奇：

“比丹麦的好。”

“喔，我试试。”姑父伸手，姑妈将饼盘推了推。

“今天的茶也好！”姑妈又赞赏。

“你知道我怎样做的？”

“不知道，香味很浓郁！”

“喝着会想起春天的景象！”姑父搓搓手，又拿起杯子。

“春天，会来，人生的春天不会再来！”

老人谈春天，等于老人唱歌，我要抑止这种歌声：

“哪，这是一个同学，一个中国人教我的，他们称为红茶，红茶可以煮，煮好后，可以加玫瑰花，焙干的玫瑰花瓣，然后盖紧，不让香味漏散。那种他们叫绿茶的，只用沸水冲，水是刚泛泡就熄火，可以加茉莉花或玳玳花，这大概像食肉该喝温的红葡萄酒，食鱼该喝冰的白葡萄酒……”

“对，是谐和、相称！”姑父说。

“人与人，何尝不如此。”姑妈说。

我起身给他俩斟茶。

“你的同学，中国人，后来呢？”

“回去了。”

“你们常常一起喝茶？”

“那时在学校。”

“他很细心，是不是？”姑妈看着我。

“好像是的。”

“我想他是细心的，所以你还纪念他。”

“我只记得红茶是可以加玫瑰花的。”

“玫瑰，中国人也许不知玫瑰就是什么！”

姑妈又要唱歌了，我快转话题：

“姑妈，你说要不要再买点这种曲奇备着？”

“真要比起来，总不及大战前的东西好吃，饼类、水果，都越来越没有味道！”

“也许是我们自己的味蕾开始萎缩了？”姑父说。

“我不承认！”

“不过我想主要是面粉、麦子的品质的缘故。”姑父说。

“是的，化学肥料、药物激素可使禾类果类增产，却破坏了天然的品质。”我说。

“现在的花也不香了，从前的花店，一条街上如果有几家花店，整条街都是香的。”

暮色在窗外形成，客厅已暗，我决定不再发声，看姑父在轻轻搓手。

姑妈端起杯子，又放下，一个银匙在碟中翻了身。

“那天，我记得是十月二十六日，空袭警报是下午一点开始的，三点，解除了，你是七点钟回家的，路上一小时——还有三个小时，你在哪里……”

姑父停止搓手，寂静。

我捂唇轻咳了一下。

寂静有了长度，长度显著增加，我故作斟茶，壶嘴磕在杯缘上，我轻声道歉。

“一九四五年十月二十六日，空袭警报是下午一点钟响起来的，快近三点，解除了，路上最多一小时，回家七点钟以后了，那三个小时，你在哪里……”

姑父。

我侧腕看表，没能看清。

也许姑父希望我走开，便离座去洗手间。

在洗手间的黑暗中站着，不掩门。

没有任何声息。

表的荧光近看时可见是六点五十五分。

七点，真的洗了手，回客厅。

“艾丽莎，请你开灯。”

魏玛早春

温带每个季节之初，总有神圣气象恬漠地剀切地透露在风中。冬天行将退尽，春寒嫩生生，料峭而滋润，漾起离合纷纷的私淑记忆，日复一日，默认季节的更替，以春的正式最为谨慎隆重。如果骤尔明暖，鸟雀疏狂飞鸣，必定会吝悔似地剧转阴霾，甚或雨雪霏霏。

春天不是这样轻易来，很像个雍容惆怅威仪弗懈的人。也因有人深嗜痼癖很像春天之故。温带滨海的平原，三月杪，地气暗燠，清晨白雾蒙蒙，迟至卓午才收升为大块的云，趸在空中被太阳照着不动。向晚，地平线又糊了，有什么愿欲般的越糊越近。田野阡陌迷茫莫辨，农舍教堂林薮次第浸没乳汁中，夜色反而不得按时笼黑。后来，圆月当空就只一滩昏黄的晕。浩汗的矜式，精致的疑阵。

春天虽然很像深嗜痼癖的人，那人未尝预知春天与之相似。寒流来时刮大风，窗扉严闭的居室，桌面一层灰 ，壁炉火焰如书，恬漠剀切的神圣气象隐失。这就看柳和山茶、木兰科的辛夷、本犀科的 Jasminum nudiflorum，可知行程并未停顿。如果远处一排柳，某日望去觉察有异，白雾含住淡绿的粉，那已经是了。无数细芽缀满垂条，儇佻磊落，很像个极工心计又憨娈无度的人。但春天怎会是个人。

花的各异，起缘于一次盛大的竞技。神祇们亢奋争胜，此作 Lily，彼作 Tulip ；这里牡丹 ，那里菡萏 ；朝颜既毕，夕颜更出。每位神祇都制了一种花又制一种花。或者神祇亦招朋引类，故使花形成科目，能分识哪些花是神祇们称意的，哪些花仅是初稿改稿，哪些花已是残剩素材的并凑，而且滥施于草叶上了，可知那盛大的比赛何其倥偬喧豗，神祇们没有制作花的经验。

例如，Rose。先就Multiflora，嫌贫薄，改为aeieularis；又憾其纷纭，转营indica，犹觉欠尊贵，卒毕全功而得Rose rugose。如此，则野蔷薇、蔷薇、月季、玫瑰，不计木本草本单叶复叶；它们同是离瓣的双子植物，都具衬叶，花亦朵朵济楚，单挺成总状，手托或凹托，萼及花不外乎五片，雄蕊皆占多数。子房位上位下已是以后的事，结实之蒴之浆果也归另一位神祇料理。

盖盛大而历时颇久的比赛告终之夕，诸神倦了，软弱了，珍惜起自己的玩物来，愿将繁殖的遗传密码纳入每件作品。谁纂密码？诸神中最冷娴的一位。也许，祂逡巡旁观未曾参赛。竞技的神都倦了软弱了，那些不称意的草稿，残剩素材的并凑物误合物都没有销毁。冷娴的神将密码像雨那样普洒下来。诸神笑着飞去了。天空出现虹，地上的花久久不谢。因为是第一代花，后来的植物学全然无能诠释花的诡谲，嗫嚅于显隐之别、被子裸子之分。那末，花之冶艳不一而足：其瓣、其芯、其蕊、其萼、其茎、其梗、其叶，每一种花都如此严酷地和谐着。它们自身觉识这份和谐吗？兽鸟鳞虫能稍稍感知这份和谐吗？植物为了延种，藉孢子藉核仁藉地下茎便可如愿。花叶平凡的植物的生存力更强旺哩。而 Cryptogamia 呢？华羊齿植物、藓苔菌藻、无花果不是到处都有吗？华丽绚烂的花卉岂非徒然自尊自贱了。花的制作者将自己的视觉嗅觉留予人。甚或是神制作了花以后，只好再制作花的品赏者。

有一株树，曾见一株这样的树。冬季，晴和了几天，不觉彤云叆叇，万千乌鸦出林聒鸣飞旋。乡民谓之“噪雪”,称彤云为“酿雪”。风凛冽,行人匆匆回家，曾见一株树在这样的时日，枝头齐茁蓓蕾，淡绛的星星点点的密布楂条，长势迅速 ，梢端尤累累若不胜载。际此，雪纷纷下，无数花苞仰雪绽放，雪片愈大愈紧，群花朵朵舒展。树高十米,干围一点五米,叶如樟似杨，顶冠直径十余米，花状类乎扶桑之樱，色与雪同，吐香清馥 ；冬季中下几遭雪，发几度花。霰霙之夕，寂然不应。初雪之顷无气息。四野积雪丰厚，便闻幽馨流播，昼夜氤氲。雪销，花凋谢。植物志上没有这株树的学名。中国洞庭湖之南，湘省，洞口系，水口山。树在那里已两百多年。

一八三二年冬末，春寒阵阵。

三月十五日歌德出了一次门后感冒了。好转得还是快的。起床小步，盼望春天。

二十日夜间忽然倒下 。应当请医生，他拒绝了。

二十一日，只见他时而上床，时而坐到床边的靠椅，惊恐不安 。佛格尔大夫缓和了他的苦楚。已经完全没有气力。二十二日十一点半，歌德死。那天是星期四。

星期五清晨，弗列德里希开了遗体安放室的门。歌德直身仰卧。广大的前额内仿佛仍有思想涌动。面容宁适而坚定。本想要求得到他一绺头发。实在不忍真的去剪下来。全裸的躯肢裹在白色布衾中，四周置大冰块。 弗列德里希双手轻揭白衾，见歌德的胸脯壮实宽厚，臂和腿丰满不露筋骨，两脚显得小而形状极美。整个身体没有过肥过瘠之处。心脏的部位 ，一片寂静。

他在弥留之际，曾问日期，并且说 ："这样，春天已经开始。我可以更快复元了。”

八年前，春天将来未来时，歌德以素有的优雅风度接见海涅，谈了每个季节之初的神圣气象，谈了神祇们亢奋的竞技，谈了洞庭湖南边的一棵树。又谈到耶拿和魏玛间的林荫道：白杨还未抽叶，如果是在仲夏夕照中，那就美妙极了。

歌德忽然问：“您目前在写什么？”

海涅答道：“浮士德。”

当时，歌德的浮士德第二部尚未问世。

“海涅先生，您在魏玛还有别的事吗？”

“从我踏进阁下府门的那一刻起，我在魏玛的全部事务都结束了。”

语音才落，鞠躬告辞。

这是十分歌德和十分海涅的一件事。

那使到了春寒料峭的今夜，写浮士德这个题材的欲望还在作祟。都只因靡菲斯陀的签约余沛未干；葛莱卿做了些事；海伦与欧弗列昂没戏做；终局，浮士德的仆倒救起何其易易。神话、史诗、悲剧，说过去就此过去。再要折腾，况且三者混合着折腾，斯达尔夫人也说是写不好的。

而当时,海涅告辞之后,歌德独坐客厅,未明灯烛。久之,才转入起居室。

海涅蜷身于回法国的马车中,郊野白雾茫茫,也想着那件实在没有什么好想的事。

1988

圆光

无论东方西方，美术中显形的神主、圣徒、高僧，头上必有圆光。东方的绘画雕塑，注重正面造型，圆光的安置总能妥帖，从而愈演愈繁，层出不穷的所谓法轮宝相，华丽无比。西方则不然，简单一圈或一片，从不考虑装饰，就整体而言，倒也纯净悦目；无奈事情发生在西方的绘画雕塑不满足于正面，还要作侧面半侧面的造型，这一侧，圆光势必要随头部之转而转，转成了椭圆的铁环铜盘状，临空浮在头顶上，非常之不安——这还算什么神灵之光，委实滑稽，刺目的滑稽。

中古世纪的造型艺术家，在西方大概也还不知空间是几维度的，光是几进向的，然而已经用上了解剖学和透视学；而这头上的光却不符物理的常识，夹在与解剖学透视学原理无误的形相里，越发显得格格不入，所以才会如此滑稽刺目。无论如何总是功亏一篑美中不足的了。而且分明在讽示：凡神主、圣徒、高僧的头上的圆光都是假的，弯弯扭扭硬装上去的——自然真理的严厉一瞥，警告艺术家不要胡来，然而这能怪艺术家么。

我之所以一直还不能成为西方宗教的信徒，也许就是因为看到了这个贻笑大方的破绽。万能的全能的主啊，这个破绽实在不体面，使无神论者更加振振有词了。我之所以一直还不能成为东方宗教的信徒，也许就是因为看到了法轮宝相的过分华丽，这样的精致豪奢，光彩夺目，叫人怎能静得下心来，低头瞑目也亦然眼花缭乱的。

这不过是“滑稽”。还有别的，可说是近乎“凄惨”。

稍老一辈的中国文人，皆知弘一法师其人其事。李叔同先生博涉文学、音乐、绘画，尤擅书法。早年演剧，反串“茶花女”。他东渡日本留学，翩翩浊世佳公子，称得上一代风流的了。想必出国前已成家室，所以归国之日，携一日本女子回府，原配夫人闹得个烟尘陡乱。据说李先生就是因为调停乏术，万念俱灰，快速看破红尘，孑身潜往杭州虎跑寺剃度受戒。两个妻子火速赶来，丈夫已经坐关了。坐关是自愿的禁闭，由当家和尚亲手在斗室的门上贴好封条，到期方可启封出关，饭盂水罐从一小窗口递进递出。当时李家两位夫人在“关”前双双跪地嚎啕，苦求夫君回心转意……一天一夜，里面寂然不答半句话——此心已决，誓不回头，弘一的坚定彻底是值得钦敬的。

世伯赵翁，是弘一法师的好友。某年我去叩贺赵太夫人的华诞，看到弘一法师手抄的一部金刚般若波罗蜜经，是特地奉赠给赵翁萱堂的。我实在佩服他自始至终的一笔不苟，不扬不萎，墨色也不饱不渴。佛经中多的是相同的字，写得宛如独模所铸——书道根柢之深，倒是另一回事，内心安谧的程度，真是超凡入圣。这种纯粹的境界，我是望而生畏的。俯首端详这部手抄的经典，说不出的欢喜赞叹，看得不敢再看了。

平时多次在富家豪门的壁上，见到弘一法师所书的屏条。字，当然是写得一派静气。然而我有反感，以为出家人何必与此辈结墨缘，就算理解为大乘超度普救众生，我也还是觉得其中可能有讨好施主的因素在。借此而募化，总也不是清凉滋味——我发觉自己很为难，同情出家人的苦衷比同情俗人的苦衷更不容易。

赵老伯是著名学者，大雅闳达，卓尔不群，自称居士，释儒圆通，境界也高得可以。某日相随出游，品茗闲谈，谈到了弘一法师示寂前不久，曾与他同上雁荡山，并立岩巅，天风浩然，都不言语。自然是澄心滤怀，一片空灵。而人的思绪往往有迹象流露在脸上，赵老伯发现弘一的眼中的微茫变化，不禁启问：

“似有所思？”

“有思。”弘一答。

“何所思？”

“人间事，家中事。”

赵老伯讲完这段故事，便感慨道：“你看，像弘一那样高超的道行，尚且到最后还不断尘念，何况我等凡夫俗子，营营扰扰。”

当时我是个不满二十岁的青年，却也深有触动，所以至今记忆犹新。赵老伯素来恭谨，从不臧否人物，皆因父辈至交，才会在世侄面前说此一段往事，恐怕除了那天纯出偶然地对我谈过之后，从此不复为外人道，因此值得追记。我视之为舍利子。

赵老伯敏于感，勇于问。弘一法师率乎性，笃乎情；如若他答以“无所思”，或以梵谛玄旨作敷衍，那是多么可怕，虚伪是卑污的。而弘一法师就能坦呈直出，这是了不起的，是永远的灵犀之光，比那装饰性的炫光，比那如圈似盘的钝光，更使我难忘。我对弘一法师的任何良与不良的印象都可以取消，就只保存他这句示寂前不久吐露的真声。多少严闭的门，无风而自开，搏动的心，都是带血的。

记得我没有问赵老伯当时听到弘一法师如是回答的刹那间，弘一头上有无出现圆光，因为我知道必是有的——并非世伯和世侄的感想不尽相同，而是完全不同，这样的“代沟”，有比没有好。

这不过是凄惨，凄惨而明亮。更有一种圆光，可说是近乎残酷，残酷而昏暗。

夜晚，几个朋友在小酒吧一角絮絮清谈。

研究生物物理学的乔奇说：“人体本身不停地发着某种光，天赋特异功能者其光度较强，有时肉眼也能看见这种紫的青蓝的毫芒，头部更觉得明显些。”

对不明飞行物最感兴趣的松田说：“外星球体来客所穿的宇宙服，那个头盔，就是古代雕刻壁上的神像的圆光，在埃及、墨西哥、俄罗斯，都能看到，古代人凭记忆、传说，作了概括的图象。”

从事绘画雕塑的欧阳说：“以圆形衬托头部，可以使观者的视线集中到人物的脸上去。”他又笑着自白：“我的头，也一度有过圆光。”

大家疑惑，欧阳微笑不敛，慢慢道来：

“二十世纪末叶，某国，某十年，发生了某种类似宗教异端裁判庭的事件。我本来也不好算是异端，却因某件浮雕的某一细部受人指控，转瞬就被关押起来。一间大约二十平方米的屋子，三面是墙，一面是铁栅栏，容纳五十余人。白天坐着立着，人际有点空隙，夜间纷纷躺下来，谁也不得仰面平卧，大家都得直着腿侧身睡，而腹贴前者之背，背粘后者之腹，闷热如蒸的夏夜，人人汗出如浆……这且不谈，单说那头上的圆光的发生吧！

“漫长的白天，老少中青济济一堂，凡资深者才有机缘靠墙而坐，新来乍到的呆在中区，无所凭借，腰酸背痛，更觉日长如年。监章规定：不准泄露姓名和案情，不得导听旁人之案情和姓名。我牢牢记住，坚不吐实，亦毫无兴趣与人攀谈。两个月之后，我侥幸得了靠墙而坐的资格，果然对腰背大有帮助，简直是一种享受。而且眼看别的囚徒，窃窃私语，颇不寂寞，所以当那个紧挨在旁的白发长者第三次低声垂询：‘阁下所为何事？’我就轻轻答曰：‘雕塑闯了祸。’长者大喜，原来他自以为遇到同道了。他是一位颇有声望的美术鉴赏家兼画家，偎着我的肩温存耳语：‘不要灰心！不要灰心啊。’我反问：‘你怎知我灰心了。’长者幽幽道：‘从神色看来，你走艺术的路走累了，又不愿走邪路，只好洗手不干。’我觉得他有点眼光。长者又言：‘看我这把枯骨，还要画，画到枯骨成灰，骨灰还可做颜料。你年轻一半，不要灰心！’我反驳：‘画到死，雕到死，有什么意思。’‘对啊，然而别的，更没有意思啊。’这倒真是一语道破，我已经雕塑了如许年，再改做别的事？还没有去做已经觉得比雕塑更没有意思了。不禁侧首看了长者一眼，白发如银，他诡谲地微笑着问我：‘做过浮雕的佛像吗？’‘做过。’‘那头上，脑后，有圆圆的一轮？’‘佛光。’长者吸了口气：‘你知道是怎么来的？’‘天生天赐。’‘不见得……你看，看对面那些坐着的人的头！’一经点破，我顿悟了——一个一个人头的后面，果然都有圆晕衬托，那是许多来过这里的人的头，不断地与涂着一层石灰的墙面接触，头垢染出灰褐色的圆晕；人高矮不一，你摩我擦，合作出来的圆晕，其大小与正坐在那里的人的头之比例，恰如一般画像雕像上的庄严佛光。而且到了这种地步的人，一进监房就得强行落发，时值盛夏，大家都赤膊，靠墙盘腿趺坐，那圆晕、那秃颅，俨然十八尊大阿罗汉，只多不少——我笑出声来！服了那长者对付苦难的必不可少的幽默，何况这样的印证已远远超乎幽默之上。

“长者见我领会到了，便十分欣慰，精神为之抖擞，从此我们成了忘年莫逆之交。”

欧阳也从我们几个听者的眼神和笑声中得到了他所需要的赞赏。

大家拿起酒杯，不知为什么而干杯，也都干了。

路工

良俪

可能是一对夫妻，进车后瞥见横座有个空位，女的坐下，男的站在旁边，俄顷又将到站，直座上的老妇欠身欲起，女的仰面示意，男的也用目光说“别这样”，老妇看清站名，又安坐不动。

车停，老妇提包移步向车门，女的触手示意男的，男的缓缓地牵强地坐下，向女的做了个严厉的表情，女的以含疚的微笑来承受男的这个表情。

外州人，纽约人哪会有这份古风，而且这时已足证实他俩是夫妻，其妻不错，其夫尤佳。

口哨

高大敦实的中年男子，向对面路边的汽车挥手叫唤，这样宽的路，他的朋友坐在车内一无感应。

他将手指塞入口中，注意到我停步看着——他吹，声低不成尖哨，急切调整手指和口唇，吸气用力吹，仍然无济，转过身来对着我说：

“我很抱歉！”

我笑着道谢，启步往前，心灵有时像杯奶，小事件恰似块方糖，投下就融开了，一路甜甜地踅回来。

哗笑

阳春三月，上午，曼哈顿第七大道，亚细亚古董店，五级台阶，下三级排坐着二十来个年轻男子，我匆匆而过，只看见他们发上肩上的明媚日光，不防他们别有用心，后于我的一个路人中计了。

“哗……”

这群大男孩笑着，摇着上半身，宛如风岸的芦苇。

人行道上有一只小小的黑皮夹，几张钞票稍露其角——过路者可分类为：

一、像我那样，没看见。

二、用鞋尖拨了拨，走过了。

三、弯腰伸手去捡——“哗……”台阶上一片成功的欢啸。

中计者听到哗声即已恍然小悟，趣味还在于种种反应之不同：

A ——扔下皮夹，目不旁视地疾步朝前走，这类最多。

B ——举起皮夹向哗者们掷去，这类大抵是男的。

C ——丢掉皮夹，骂几句，再回身边走边骂，这类总是女的，黑的。

D ——在哗声中安详开夹，取出钞票，佯装入袋，在更兴奋的哗声中将钞票还原，皮夹仍置于老地方，这类是年纪较大的“绅士”，从前也是此种把戏的玩家。

E ——锋头十足的摩登女子，正以天仙之姿走着，忽以凡人之态作俯拾，哗声一起，她像甩掉烫手的煎堆，直起腰来霎时难复天仙之姿，几秒间，仅仅是背影，怒意、怨意、羞意、惭意，混合着显露……

原来一个人的背影是这样有表情的。

雪礼

每年首度大雪之夜的翌晨，走在路上，对面相值的人会向我微笑，容或我的微笑先于彼吧，而感觉上是同时展示的，礼貌话也同时说的。

大雪之夜的翌晨，向我微笑而致礼的路人都是美洲人、欧洲人。

一个个神色峻峭而淡漠的中国人，小步急走在美国的雪地上，其祖先是最重礼貌最善微笑最懂赏雪的中国人哪。

邻妪

我对他说：

“别人有邻家男孩邻家女孩可看，我的西邻是幢空屋，东邻是一位老太太，背已驼，骨瘦如柴，支着拐杖，移步来到汽车前，拐杖先入车，她颤颤抖抖坐进，拉上门，扣好安全带，突然绝尘而去……”

他笑了，认为很好，很现代，我们一同笑。

他说：

“你捏造？”

“真是这样的，老太太，汽车，是这样呀。”

“老人开车哪会这样快速？”

我认为他的话也是中肯的，可是在我的印象中，那老太太确实是慢慢出来，颤颤坐进，然后，绝尘而去……

险象

欧陆的都市，所以有情趣，都因历史长、人文厚、风味当然醇粹，格林尼治村算是纽约最有逸致的区域了，总还嫌有这么点虚寒虚热，不三不四——我克制着，免得多鄙薄它。

路边蹲着一个姑娘，膝上竖着纸牌：

“我不出卖我的身体，请帮助我！”

过路的中年男子对她大声道：

“你该去对你爸爸这样说呀。”

“爸爸不听我的话！”

男子已走远，她还在咕噜“爸爸不听我的话”。

她说着，扭动两肩，脸也俯仰转侧，嘴唇开合得很有风韵，如果她是一只鸟一只松鼠，就什么事也没有，她却是一个人，在美国，在任何国，随便古代近代，都会险象环生，这点点容貌，这点点青春，够毁灭她。

面对她，有神论也错，无神论也错。

仙子

琼美卡四季景色皆可爱，秋深枫红尤难为怀，路上终年少行人，草木映发若云兴霞蔚，我独自信步慢走，望见前面槭树丛下两个小女孩向我拍手，为什么？她们误认了？

愈近，愈知她们是为了欢迎我而鼓掌的。一座纯白的优雅家宅，丰绿的草坪，木栅栏外才是路，小圆桌摆在路边，两把童椅，她俩显然是姊妹，白纱裙衫淡色五彩碎花，圆桌上一串一串的项链腕链，小珠子也是五彩的、淡色的——她们是商人，自已串珠，定价，希望卖掉，得利姊妹均分。

经过这里的人太少了，成为顾客的可能更少，我装作认真挑选，取了四串，并问道：

“你们是不是觉得这四串最美丽？”

“是的，这是最美丽的四串！”

我付钱，她们交货，彼此道谢。

继续信步慢走，心想：如果回头一看，她们消失无痕，那么她们是临凡的仙子，我是幸运的顽童；如果回头望去她们仍在槭树下等候，那么她们是小小的商人，我是垂垂老去的顾客。

路工

从浴室的后窗下望，十来个修路工人配合着铲土机在劳作，烈日当空，中年者穿上衣，青年赤膊——也由于发胖了不愿出丑，而正当腰紧肩舒、胸肌沛然、背沟像一行诗，夏季不展览更待何时，坐在铲土机车中的那个也裸着上身，翘边的西部草帽，因为，年轻。

还有更年轻的，金发剪得短短，推了切割机到窗下来截路面，电转的圆锯噪声很大，扬起阵阵灰屑，他用一方红帕蒙着下半个脸。

路面截好，我想，该去洗抹一番——只见他走到搅拌机尾部，开水管，用红帕接之遍擦上身……我想，何不冲冲头呢——他伛下来让水淋在发顶，然后以红帕拭脸……不再防尘，就扎额好了——他把红帕斜对角贴在腹部滚卷，却又抖开，没有对齐？他仔细对齐了再卷，卷就便举臂箍于头上，我想，抽烟——他走近那个也赤膊而长发丰髯的青年，我感觉到那青年的烟已抽完，果然见他耸耸肩……那就去小店买吧——少年奔了，刚及店门，这里有人呼唤，他呆一呆，便奔回来（没事，听错了），我想，还是要去买烟，买食品和饮料——他又向小店大步而去，不一会手捧两个纸袋，嘴上叼着烟……

我离开窗台，立在书桌前，点烟，对着灯——“博爱”这个观念，人人以为“爱”是主词，其实“爱”是艰难的，一倒翻便成怨恨，而“博”则既博之后，不会重趋于隘，刚才的半小时中，窗内的我与路上的他，就像我是脑，他是身，我想到什么，他就做什么，反之，也真切，他是作者，我是读者，路是舞台，窗是包厢，况且我曾有过多年修路的生涯，何起何讫，何作何息，经验大半共通，汗之味，烈日之味，灰沙之味，烟之味，饥渴之味，寰球所差无几，刚才的十五分钟，似乎是我思在前，他行在后，其实两者完全同步，但我额外得到一项快乐，鉴于彼此毫无碍误，使这项快乐成为惊讶，那么，“博”真正是主要的，“爱”岂仅次要，也徒然假借了名义，“爱”得疲乏不堪的人，本以为从此无所事事，按上述同步现象的可能性之存在，“爱”得疲乏不堪的人尚可有所事事于“博”，先知比芦苇大，博比爱大多了，爱一定要使被爱的人明了处于爱中，所以烦恼郁毒，而博者不求受博者有知觉，便能随时恣意博去，博之又博，惊讶与快乐莫须再分。

修路工程这一段还有好多天要进行，凡赤膊的青年少年，肤色日渐加深，久旱，高热，空气昏，赭红的皮金褐的毛，望去模模糊糊，那是要想起他们刚来时的白皙，才能说他们晒黑了。

林肯中心的鼓声

冬天搬来曼哈顿，与林肯中心几乎接邻，听歌剧，看芭蕾，自是方便，却也难得去购票。

我的大甥在“哈佛”攻文学，问他的指导教授：美国文明究竟是什么文明？教授说：“山洞文明。”真正的智者都躲在高楼大厦的“山洞”里，外面是人欲横流的物质洪水——大甥认为这个见解绝妙，我亦以为然。

当我刚迁入此六十一街三十 W. APT 时，也颇有山顶洞人之感。看门大员力拒野兽，我便可无为而治。

储藏食品的橱柜特多，冰箱特大，我的备粮的本能使我一次出猎，大批带回，塞满橱柜冰箱，一个月是无论如何吃不完的，这岂非更像原始人的冬令蛰伏——是文明生活的返祖现象。想想觉得很有趣，再想想又觉得我自己不是智者，而且单身索居，这山洞委实寂静得可怕，几个星期不下楼不出门，偶然飘来一封信，也燃不起一堆火。山洞文明不好受。

可是真的上了街，中央公园大而无当，哈德逊河边满目陌生人，第五大道死硬的时装模特儿，路旁小摊上烤肉串的焦油味……都使我的双脚朝林肯中心的方向走——我还是回来的好。

我想，那哈佛大学的智慧的教授所说的山洞，宁是指大学、图书馆、博物馆、美术馆、画廊，特别是几个杰出的研究中心和制造中心，才是美国文明的山洞，犹如宇宙中引力强大的黑洞。我在“大都会”、“哥根汉”、“惠特尼”、“现代”等馆中徘徊时，才有“山洞”感，哥伦比亚大学的阅览室中的一片寂静，也是可爱的有为的寂静——无为的寂静总会滋生烦恼。

夏天来了，电力的冷风不自然，这只调节器的声音特别扰人，我已承认害怕寂静，当寂静被弄破时，又心乱如麻……不能用这只自鸣得意的空气调节器。只好开窗。

开窗，望见林肯中心露天剧场之一的贝壳形演奏台，每天下午晚上，各有一场演出。废了室内的自备音响，乐得享受那大贝壳中传来的精神的海鲜。节目是每天每晚更换的：铜管乐、摇滚乐、歌剧清唱、重奏，还有时髦得名称也来不及定妥又变了花样的什么音乐。我躺着听，边吃边喝听，不穿裤子听，比罗马贵族还惬意——夏季没过完，我已经非常之厌恶那大贝壳中发出来的声音了：不想“古典”的日子，偏偏是柔肠百转地惹人腻烦；不想“摩登”的夜晚，硬是以火爆的节奏乱撞我的耳膜。勿花钱买票，就这样受罚了。所以每当雷声起，电光闪，阵雨沛然而下，我开心，看你们还演奏不。

可惜不是天天都有大雷雨，只能时候一到，关紧窗子。如果还是隐隐传来，便开动我自己的“音响”与之抗衡，奇怪的是但凡抱着这样的心态的当儿，就也听不进自选的音乐，可见行事必得出自真心，做作是不会快乐的。

某夜晚，灯下写信，已就两页，意未尽；那大贝壳里的频率又发作了，侧首看看窗外的天，不可能下雨，窗是关紧的，别无良策，管自己继续写吧……乐器不多，鼓、圆号、低音提琴，不三不四的配器……管自己写吧……

写不下去了——鼓声，单是鼓声，由徐而疾，疾更疾，忽沉忽昂，渐渐消失，突然又起翻腾，恣肆癫狂，破石惊天，戛然而止。再从极慢极慢的节奏开始，一程一程，稳稳地进展……终于加快……又回复严峻的持续，不徐不疾，永远这样敲下去，永远这样敲下去了，不求加快，不求减慢，不求升强降弱，唯一的节奏，唯一的音量……似乎其中有微茫的变化，这是偶然，微茫的偶然的变化太难辨识，太难辨识的偶然的微茫的变化使听觉出奇地敏感，出奇的敏感的绝望者才能觉着鼓声在变化，似乎有所加快，有所升强……是加快升强了，渐快，更快，越来越快，越来越快越来越快……快到不像是人力击鼓，但机械的鼓声绝不会有这“人”味，是人在击鼓，是个非凡的人，否定了旋律、调性、音色、各种记谱符号，这鼓声引醒的不是一向由管乐弦乐声乐所引醒的因素，那么，人，除了历来习惯于被管乐弦乐声乐所引醒的因素之外，还确有非管乐弦乐声乐能引醒的因素存在，一直沉睡着，淤积着，荒芜着，这些因素已是非常古老原始的，在人类尚无管乐弦乐声乐伴随时，曾习惯于打击乐器，漫长的遗弃废置，使这些由今晚的鼓声来引醒的因素显得陌生新鲜。古老的蛮荒比现代的文明更近于宇宙之本质，那么，我们，已离宇宙之本质如此地远漠了，这非音乐的鼓声倒使我回近宇宙，这鼓声等于无声，等于只剩下鼓手一个人，这人必定是遒强美貌的，粗犷与秀丽浑然一体的无年龄的人——真奇怪，单单鼓声就可以这样顺遂地把一切欲望击退，把一切观念敲碎，不容旁骛，不可方物，只好随着它投身于基本粒子的分裂飞扬中……

我扑向窗口，猛开窗子，手里的笔掉下楼去，恨我开窗太迟，鼓声已经在圆号和低音提琴的抚慰中作激战后的娇憨的喘息，低音提琴为英雄拭汗，圆号捧上了桂冠，鼓声也就息去——我心里发急，鼓掌呀！

为什么不鼓掌，涌上去，把鼓手抬起来，抛向空中，摔死也活该，谁叫他击得这样好啊！

是我激动过分，听众是在剧烈鼓掌，吆喊……我望不见那鼓手，大贝壳的下一半被树木挡住，只听得他在扬声致谢，我凭他的嗓音来设想他的面容和身材，希望听众的狂热能使他心软，再来一次……掌声不停……但鼓声不起，他一再致谢，终于道晚安了，明亮的大贝壳也转为暗蓝，人影幢幢，无疑是散场。

我懊丧地伏在窗口，开窗太迟，没有全部听清楚，还能到什么地方去听他击鼓，冒着大雨我也步行而去的。

我不能荏弱得像个被遗弃的人。

又不是从来没有听见过鼓声，我是向来注意各种鼓手的，非洲的，印度的，中国的……然而这个鼓手怎么啦，单凭一只鼓发出的声音就使人迷乱得如此可怜，至多我承认他是个幸福的人，我分不到他的幸福。

那鼓手不外乎去洗澡，更衣，进食，睡觉了。

在演奏家的眼里，听众是极其渺小的，他倒是在乎、倒是重视那些不到场、不愿听的人们。

明天不散步了

上横街买烟，即点一支，对面直路两旁的矮树已缀满油亮的新叶，这边的大树枝条仍是灰褐的，谅来也密布芽蕾，有待绽肥了才闹绿意，想走过去，继而回来了，到寓所门口，幡然厌恶室内的沉浊氛围，户外清鲜空气是公共的，也是我的，慢跑一阵，在空气中游泳，风就是浪，这琼美卡区，以米德兰为主道的岔路都有坡度，路边是或宽或窄的草坪，许多独立的小屋坐落于树丛中，树很高了，各式的门和窗都严闭着，悄无声息，除了洁净，安谧，没有别的意思，倘若谁来说，这些屋子，全没人住，也不能反证他是在哄我，因为是下午，晚上窗子有灯光，便觉得里面有人，如果孤居的老妇死了，灯亮着，死之前非熄灯不可吗，她早已无力熄灯，这样，每夜窗子明着，明三年五年，老妇不可怜，那灯可怜，幸亏物无知，否则世界更逼促紊乱，幸亏生活在无知之物的中间，有隐蔽之处，回旋之地，憩息之所，落落大方地躲躲闪闪，一代代蹙眉窃笑到今天，我散步，昨天可不是散步，昨天豪雨，在曼哈顿纵横如魔阵的街道上，与友人共一顶伞，我俩大，伞小，只够保持头发不湿，去图书馆，上个月被罚款了，第一个发起这种办法的人有多聪明，友人说，坐下看看吗，我的鞋底定是裂了，袜子全是水，这样两只脚，看什么书，于是又走在街上，大雨中的纽约好像没有纽约一样，伦敦下大雨，也只有雨没有伦敦，古代的平原，两军交锋，旌旗招展，马仰人翻……大雨来了，也就以雨为主，战争是次要的，就这样我俩旁若无纽约地大声说笑，还去注意银行的铁栏杆内不白不黄的花，状如中国的一般秋菊，我嚷道，菊花开在树上了，被大雨濯得好狼狈，我友也说，真是踉踉跄跄一树花，是什么木本花，我们人是很絮烦的，对于喜欢的和不喜欢的，都想得个名称，面临知其名称的事物，是舒泰的，不计较的，如果看着听着，不知其名称，便有一种淡淡的窘，漠漠的歉意，幽幽的尴尬相，所以在异国异域，我不知笨了多少，好些植物未敢贸然相认，眼前那枝开满朝天的紫朵的，应是辛夷，不算玉兰木兰，谁知美国人叫它什么，而且花瓣比中国的辛夷小、薄，即使是槭树、杜鹃花、鸢尾、水仙，稍有一分异样，我的自信也软弱了，哪天回中国，大半草木我都能直呼其名，如今知道能这样是很愉快的，我的姓名其实不难发音，对于欧美人就需要练习，拼一遍，又一遍，笑了——也是由于礼貌、教养、人文知识，使这样世界处处出现淡淡的窘，漠漠的歉意，幽幽的尴尬相，和平的年代，诸国诸族的人都这样相安居、相乐业、相往来……战争爆发了，人与人不再窘不再歉不再尴尬，所以战争是坏事，极坏的事，与战争相反的是音乐，到任何一个偏僻的国族，每闻音乐，尤其是童年时代就谙熟的音乐，便似迷航的风雨之夜，蓦然靠着了故乡的埠岸，有人在雨丝风片中等着我回家，公寓的地下室中有个打杂工的美国老汉，多次听到他在吹口哨，全是海顿爸爸，莫扎特小子，没有一点山姆大叔味儿，我也吹了，他走上来听，他奇怪中国人的口哨竟也是纯纯粹粹的维也纳学派，这里面有件什么超乎音乐的亟待说明的重大悬案，人的哭声、笑声、呵欠、喷嚏，世界一致，在其间怎会形成二三十种盘根错节的语系，动物们没有足够折腾的语言，显得呆滞，时常郁郁寡欢，人类立了许多语言学校，也沉寂，闷闷不乐地走进走出，生命是什么呢，生命是时时刻刻不知如何是好……我是常会迷路的，要去办件事或赴个约，尤其容易迷路，夜已深，停车场那边还站着个人，便快步近去，他说，给我一支烟，我告诉你怎样走，我给了，心想，还很远，难寻找，需要烟来助他思索，他吸了一口，又一口，指指方向，过两个勃拉格就是了，我很高兴，转而赏味他的风趣，如果我自己明白过两个街口便到，又知道这人非常想抽烟，于是上前，他以为我要问路，我呢，道声晚安，给他一支烟，为之点火，回身走了，那就很好，这种事是永远做不成的，猜忖着别人是否正处于没有烟而极想抽烟的当儿，而且散步初始时的清鲜空气中的游泳感就没有了，一阵明显的风，吹来旎旎馣馣的花香，环顾四周，不见有成群的花，未知从何得来，人和犬一样，将往事贮存在嗅觉讯息中，神速引回学生时代的春天，那条殖民地的小街，不断有花铺、书店、唱片行、餐馆、咖啡吧，法兰西的租界，住家和营商的多半是犹太人，却又弄成似是而非的巴黎风，却也是白俄罗斯人酗酒行乞之地，书店安静，唱片行响着，番茄沙司加热后的气味溜出餐馆，煮咖啡则把一半精华免费送给过路客了，而花铺的馝馞浓香最会泛滥到街上来，晴暖的午后，尤其郁郁馡馡众香发越，阳光必须透过树丛，小街一段明一段暗，偶值已告觖绝的恋人对面行来，先瞥见者先低了头，学院离小街不远，同学中的劲敌出没于书店酒吧，大家不声不响地满怀凌云壮志，喝几杯樱桃白兰地，更加为自己的伟大前程而伤心透顶了，谁会有心去同情潦倒街角的白俄罗斯旷夫怨妇，谁也料不到后来的命运可能赧然与彼相似，阵阵泛溢到街上来最可辨识的是康乃馨和铃兰的清甜馥馧，美国的康乃馨只剩点微茫的草气，这里小径石级边不时植有铃兰，试屈一膝，俯身密嗅，全无香息，岂非哑巴、瞎子，铃兰又叫风信子，百合科，叶细长，自地下鳞茎出，丛生，中央挺轴开花如小铃，六裂，总状花序，青、紫、粉红，何其紧俏芬芳的花，怎么这里的风信子都白痴似的，所以我又怀疑自己看错花了，不是常会看错人吗？总又是看错了，假如哪一天回中国去，重见铃兰即风信子，我柔驯地凝视，俯闻，凝视，会想起美国有一种花，极像的，就是不香，刚才的一阵风也只是机遇，不再了，三年制专修科我读了两年半，告别学院等于告别那小街，我们都是不告而别的，三十年后殖民地形式已普遍过时，法兰西人、犹太人、白俄罗斯人都不见了，不见那条街，学院也没有，问来问去，才说那灰色的庞然的冷藏仓库便是学院旧址，为什么这样呢，街怎会消失呢，巡回五条都无一仿佛，不是已经够傻了，站在这里等再有风吹来花香，仍然是这种傻……起步，虽然没有人，很少人，凡是出现的都走得很快，我慢了就显出是个散步者，散步本非不良行为，然而一介男士，也不牵条狗，下午，快傍晚了，在春天的小径上彳亍，似乎很可耻，这世界已经是，已经是无人管你非议你，也像有人管着你非议着你一样的了，有些城市自由居民会遁到森林、冰地去，大概就是想摆脱此种冥然受控制的恶劣感觉，去尽所有身外的羁绊，还是困在自己灵敏得木然发怔的感觉里，草叶的香味起来了，先以为是头上的树叶散发的，转眼看出这片草地刚用过刈草机，那么多断茎，当然足够形成凉涩的沁胸的清香，是草群大受残伤的绿的血腥啊……暮色在前，散步就这样了，我们这种人类早已不能整日整夜在户外存活，工作在桌上，睡眠在床上，生育恋爱死亡都必须有屋子，琼美卡区的屋子都有点童话趣味，介乎贵族传奇与平民幻想之间，小布尔乔亚的故事性，贵族下坠摔破了华丽，平民上攀遗弃了朴素，一幢幢都弄成了这样，在幼年的彩色课外读物中见过它们，手工劳作课上用纸板糨糊搭起来的就是它们的雏形，几次散步，一一评价过了，少数几幢，将直线斜线弧线用出效应来，材料的质感和表面涂层的色感，多数是错误的，就此一直错误着，似乎是叫人看其错误，那造对了造好了的屋子，算是为它高兴吧，也担心里面住的会不会是很笨很丑的几个人，兼而担心那错误的屋子里住着聪明美丽的一家，所以教堂中走出神父，寺院台阶上站着僧侣，就免于此种形式上的忧虑，纪念碑则难免市侩气，纪念碑不过是说明人的记忆力差到极点了，最好的是塔，实心的塔，只供眺望，也有空心的塔，构着梯级，可供登临极目，也不许人居住，塔里冒出炊烟晾出衣裳，会引起人们大哗大不安，又有什么真意含在里面而忘却了，高高的有尖顶的塔，起造者自有命题，新落成的塔，众人围着仰着，纷纷议论其含义，其声如潮，潮平而退，从此一年年模糊其命题，塔角的风铎跌落，没有人再安装上去，春华秋实，塔只是塔，徒然地必然地矗立着，东南亚的塔群是对塔的误解、辱没，不可歌不可泣的宿命的孤独才是塔的存在感，琼美卡一带的屋子不是孤独的，明哲地保持人道的距离，小布尔乔亚不可或缺的矜持，水泥做的天鹅，油漆一新的提灯侏儒，某博士的木牌，车房这边加个篮球架，生息在屋子里的人我永远不会全部认识，这些屋子渐渐熟稔，琼美卡四季景色的更换形成我不同性质的散步，回来时，走错了一段路，因为不再是散步的意思了，两点之间不取最捷近的线，应算是走错的，幸亏物无知，物无语，否则归途上难免被这些屋子和草木嘲谑了，一个散步也会迷路的人，我明知生命是什么，是时时刻刻不知如何是好，所以听凭风里飘来花香泛溢的街，习惯于眺望命题模糊的塔，在一顶小伞下大声讽评雨中的战场——任何事物，当它失去第一重意义时，便有第二重意义显出来，时常觉得是第二重意义更容易由我靠近，与我适合，犹如墓碑上倚着一辆童车，热面包压着三页遗嘱，以致晴美的下午也就此散步在第二重意义中而俨然迷路了，我别无逸乐，每当稍有逸乐，哀愁争先而起，哀愁是什么呢，要是知道哀愁是什么，就不哀愁了——生活是什么呢，生活是这样的，有些事情还没有做，一定要做的……另有些事做了，没有做好。明天不散步了。

温莎墓园日记

最初是陌生的无名墓园，每周一二次漫步其间，几年过来，季节的换景就不再惊讶，也未曾遇见人，渐渐信赖这是个废区，可占为孤独者的采地，踯躅在环形的泥径上，就都是苍翠的树苍翠的树，因为十四座墓碑全位于泥径的外缘，其内细草铺汇成偌大的圆坪，乔木和亚乔木分别耸立着，已经是一个不小的幽林，只有居中而偏西的那块黑岩，巨象之背般伏在蒿莱丛中，容易引起如果憩息其上的意欲，并非有所困倦，都只宜于坐着卧着浏览高处纷纭的杈桠，其实是满天明绿的繁叶，无不摇曳颤动萧萧作声。

那年夏季常来大风，暴雨比风还大，墓园里有树折倒了，折倒了一棵，也位于西北角，过后锯成许多段，曝在原地，日光照着肉黄的鲜明的横断面，年轮可估百数，蛀空了的缘故，近地面那截被什么虫长久营巢，倒下来的时候，似乎没有连累别的树，而因为是夏季，墓园的整部浓荫，唯独西北角就敞亮得异样，可知这棵树曾有多少多少叶子，直到秋季，秋深，缺失感才不再显着，段木全运走，翌年的夏季，除非想起那时折倒了一棵树，此外不会觉得墓园有什么缺失。

（这些或者写入给桑德拉的信）

黑岩是很大一块，方位犹如管弦乐队的指挥所在处，这个慵懒的指挥兀自坐着吸烟，僭占整园叶子的混合碎声，总是这样起始满怀愉悦荣耀，任凭亿兆树叶的碎声供养一尊，将自身喻作薄巧的纸舟，树叶的碎声诠释为淼淼的水，水的浮力裕然载托纸舟……

叶子的碎声撩动耳蜗的纤毫，风给发肤以清凉柔润，而肉体何止是这些，它大着，被忽视弃置，于是它欠伸了，健全的肉体在黑岩上作瘫痪状为时已久，它欠伸，四肢应和着改换姿态，徐徐平定下来。

肉体要离开黑岩，离开黑岩那么何往，肉体又勿明去向，它只是不能过久保持一宗姿态，其实它过敏于畏惧死，一宗姿态久了，它以为邻近死，肉体随时以动作自证，疑虑于类似死或与死无差别的状况，只有疾病和睡眠，才使肉体宁息，它知道但求疾病瘥愈睡眠满足，方能继续自证存在，康复和苏醒之后，肉体又讳忌静止，每有较长的静止，它会以筋骨的酸楚，肌肤的痹痒来咨照，如果不得理会，伎俩就更趋狡黠，它伪装徇从，安谧不动，情绪悄悄从底层乱起，感官迟钝了，树叶的混合碎声，不再是荣悦的供养，守在黑岩上亦是枉然。

为何漫步最宜沉思，就因肉体有肉体的进行，心灵有心灵的进行，心灵故意付一件事让肉体去做，使它没有余力作骚扰，肉体也甚乐意，无目的，不辛劳，欣然负荷着心灵，恣意地走，其实各种沉思中，很多正是谋划制服肉体的设计，乃至隳灭肉体的方程演绎。

（以上的，寄给桑德拉，不会，她不会抱怨故意把信拉长）

这不是庶民聚葬的公墓，是教会产邑的部分，安息的都是蒙主召归的基督徒，历任教堂执事，树林外便是西敏寺广场，礼拜天上午泊满车辆，其实整个灰黄糙石立面的建筑群，是一座Monastery，既恢弘又朴素的修道院，在北美洲自亦少见，广场空漠如茫茫弱水，偶尔浮现一二模糊人影，形状也不类monachus，nonna，猜度性质，许是Order，教社，不限于驻院修道的僧尼，教社中人除了断念俗虑洁身持戒者，凡同宗义俱属社众，毕生奉献于传播福音，兴办学校，分施慈惠，可见所谓四百年前此风已告衰竭的史鉴，未必尽然，Order，Monastery，同起于五六世纪，十字军第七次踉跄退回后，倒是这些黑衣人吐哺了欧罗巴文化，才不致瘐毙在天路历程的荒凉驿站上。

但是很愿知道这个墓园有没有特定的称谓，既已熟悉也可擅赋称谓，常常是那样的，对陌生人亦常常在暗中呼唤，亲昵地，切齿地，在暗中有名有姓地呼唤，当那些平常人变得不平常时。

墓的款式也舛异，下葬应是骨灰，骨灰入土后，用原煤般黑的长形石块，交叠砌台，高一米以上，再安顿墓碑，死者的名姓、生卒年，镌于铜牌，铜牌横约二十厘米，阔六厘米，嵌在石碑的右下角，于是石碑的中心让给一方瓷质的高肉浮雕，其实最初吸引进入墓园的虽是夏绿的乔木，导致频来徘徊的却是这十四方瓷雕，耶稣走向各各他，再重复重复也看不厌，瓷雕只作人形和十架，没有衬景，他枯瘠，细长，禁欲的清苦肉身，袍片和亵衣都是灵性的，涂着淡青浅赭的釉彩，作为坯体的瓷泥是粗粒子的，釉彩又呈透明，所以整方瓷雕是惨淡的病黄色，这些还只起时空的邈远感，值得一次再次对之凝眸的是人形的塑造，亦即所谓拜占庭的风调，到了拜占庭，大艺术家似乎退而入寐，余事尽付工匠，一切从此圆熟而拙劣，似乎本来不致这样拙劣，是出于诚悫的缘故，似乎是因为拙劣，只求看取诚悫了。

（桑德拉喜欢我絮聒，就寄她这些，她认为瑞士是真寂寞，当然指我这里是假寂寞，我辩道：能把寂寞分出真呀假呀，颇不寂寞）

第五座墓碑的铭牌脱落，右下角的位迹深褐色。

其他的十三座都完整，就因为只有一座无名无姓，令人徒然寻思这里埋葬的是谁。

搜视草丛，铭牌怎会不就在垒石的四周。

垒石上平平放着一生丁，生丁可能掉在泥径上，草丛里，怎会落于离地如许之高的垒石上。

信手将生丁拈来……放回原处，心绪转为空惘，今天的漫步败兴而回，不可理喻的偶然性是最乏味的。

（把这些纳入日记中，以示无事可记）

爱德华八世与华利丝·辛普森，本世纪最后一对著名情侣，终于成为往事，各国的新闻纸为公爵夫人的永逝，翩跹志哀了几天，状如艺术家的回顾展，华利丝年轻时候的照片，使新闻纸美丽了几天。

看罢温莎公爵和公爵夫人的爱情回顾展，犹居尘世的男男女女都不免想起自己，自己的痴情，自己的薄情。

这分明是最通俗的无情滥情的一百年，所以蓦然追溯温莎公爵和公爵夫人的粼粼往事，古典的幽香使现代众生大感迷惑，宛如时光倒流，流得彼此眩然黯然，有人抑制不住惊叹，难道爱情真是，真是可能的吗。

在虽然已经具备语言文字的纪元中，忽然说，人生如梦，之前，谁也不曾听到过这样的比喻，人生如梦，闻者必是彻心惊悟，这个比喻终于传达得人人都会脱口而出，以此推衍，远古必定发生过这样的事：有人，不知是男是女，在世上第一个第一次对自己钟情已久的人，说，我爱你，再推衍，必有人作为世上第一个，第一次以笔画构成爱字，在其前加我其后加你，这样，第一次听到我爱你，声音，和第一次看到我爱你，文字，必会极度震骇狂喜，因为从来没有想到心中的情，可以化为声音变作字……嗣后，嗣后的人，那是指相继诞生的男男女女，代复一代，不拘是语言的爱文字的爱，都敝旧了，哆吻歪斜了，所以温莎情侣，用清正的嗓音，端庄的手迹，将爱说出写出，芸芸众生又觉得人生是人生，梦是梦，然后，才委委婉婉，重新认领人生如梦，其实这时却正在人生里而不在梦里。

爱德华八世，巴黎，卡蒂亚珠宝店，为她买首饰，前后共计八十七件。

范克里夫和亚伯斯，共买廿三件，红宝石镶钻项链，刻了：我的华利丝——大卫赠。

蓝宝石镶钻手表，也从范克里夫买来，上刻：为我们的婚约 18V—37。

另一条，出自卡蒂亚，红宝石镶钻手链，结婚一周年纪念，六月三日。

镶珍珠钻石的晚宴手提袋。

镶宝石的镜子、皮带。

卡蒂亚珠宝店著名的大猫宝石，镶在豹形和虎形的手镯上及夹子上。

一支镶红宝石蓝宝石翡翠及钻石的红鹤别针。

总数两百一十六件，温莎公爵用以补充语言文字每嫌不足的爱之表达，赠予这使他宁愿放弃王位的华利丝，她始终是无辜的，一直是悒郁的，皇室和上流社会隐隐然视她为不祥的尤物，在她谢世之前，已有八年没有走下法国布伦家中的楼梯，丧失说话的能力也已有七年了，那两百余件爱的信物珍物，此后就冰冻般存放在银行里，不再为晶灯玉烛照耀生辉。

秋深以来，墓园并无萧索之感，树木落尽叶子，纤枝悉数映在蓝空中，其实是悦目的繁丽，冬季是它们的裸季，夏季是人的裸季，冬季是树的裸季。

认为墓园是废区就判断失误了，这里已非孤独者的天赋采地，第五座墓碑的石基上的那个生丁，已被翻转，上次信手取来又放下时，记得是林肯的侧面像，而今变为纪念堂的图像。

谁也注意到这生丁，掇之、置之。

生丁再翻为林肯像的一面。

几天后去墓园，生丁以纪念堂的图像承着薄暮的天光。

信息，此与彼之间存在信息，信息的初极和终极相连，其间没有美丑贤劣强弱智愚的余地，谁都能用拇指食指将生丁翻个面。

风雨霰雪不能使平贴在石上的铜币转身，鸟也不会抓它啄它，松鼠以嗅觉来辨识食物，使生丁由正面换为背面的力，是人力。

此，执正面，彼，执反面，几次的翻转，信息的涵义深化为：

此存在

此没忘怀

此愿意持续

生丁正之反之的次数愈多，涵义的值就进入：

此至今犹存在

此怎能忘怀呢

此已无法中断这个持续了

原本是最轻易的两个手指合成一个动作，起始的信息，初极与终极天然相连，由于此彼各执一面的次数的增多，亲手制造轮回，落入轮回中……

如果，不再去墓园，如果去墓园而不近第五座石碑，如果行过石碑前而不伸手翻转生丁，这种三种行为，都是背德的，等于罪孽。

刑场、赌场、战场，俱是无情的场，苏士比拍卖场也是无情的场，一九八七年四月，日内瓦的苏士比，将逐件拍卖温莎公爵赠温莎公爵夫人的两百一十六件爱的珍物信物。

公爵夫人把她的大部分财产捐给巴斯特中心，医学的研究机构似乎研究不出更华严得体的办法，来处置这些珍物信物，似乎只好交给苏士比，而且已经把它们锁在日内瓦一家银行的保险箱内了。

苏士比拍卖公司的声音：本公司在瑞士的珠宝鉴定专家，应邀鉴定这批首饰，因此，顺理成章概由本公司拍卖。

爱情需要鉴定？瑞士的珠宝鉴定专家将鉴定温莎公爵与温莎公爵夫人的爱情，无价的，有价了。

然后是四月，温茂的季节，瑞士，多福的国，日内瓦，清倩的湖畔，苏士比，无情的场。

红宝石及金刚钻镶成的项链，投保于银行的价目是六十万镑，鉴定家认为实值五十万镑，女星伊丽莎白·泰勒首起接价，杜拜王室的穆罕默德喊了五十五万镑，德国钢铁大王泰森出的就是当初投保银行的六十万镑，希腊船王加了二万，六十二万镑，然而还有英吉哈德太太，白金之王的遗孀，她与温莎公爵夫人的私交非比寻常，早年她在晚宴中乍见这串红宝石闪耀于华利丝胸前时曾经赞叹过……

现在是二月，还有两个月，苏士比公司声称：拍卖将在最保密的情况下进行，甚至不列出邀请名单。

行近第五座墓碑……

平时硬币在指间流过，从不仔细端详，原来这生丁的背面，林肯纪念堂之上，有一行拉丁文，意谓："许多个化为一个。"既蕴藉又浩荡地颂扬了这位总统的功德，然而此句拉丁文所可能启示的何止这些。

翻转生丁，已成信息，不翻转生丁也自成信息，涵义是：

此已死亡

此全忘怀

此不再来

除了此已死亡这一项是天命，其余二者等于告示彼：此，是一个轻薄的无情谊的人，也等于判定：彼，是痴骙的，长时与轻薄的无情谊的人通款，是痴骙的。

或许彼亦既入轮回，想脱却而不能，彼已厌倦于清晨晚悄悄入林翻转这个生丁，这是此的哀怨的猜想。

又害怕有第三者介入，偶然发现生丁，取来，信手抛掷，那就，信息乱了，涵义转为：

终止

这是荒谬

这是荒谬的消除

故而，若生丁不在，先应解释为有第三者介入，就得再放一个色泽相仿的生丁在那里，作林肯像的正面。

且深信，倘彼来不见生丁，彼思，彼也将以另一生丁置于原位，作纪念堂的反面。

这样，岂非已经与爱的誓约具有同一性。

这个生丁的变动，倘是出于神意，出于魔意，就可不予理睬，任凭神魔进而捉弄，总能与之颉颃周旋，而今是人，人意，不明性别年龄仪态品质，时日愈久，愈无意觌悉其品质仪态年龄性别，只以精纯的人的一念耿耿在怀，这又岂非正符合那生丁背面的拉丁文铭言：把许多个化为一个。

（桑德拉来信，说女儿已入附近的中学，终于她能专忱新闻事业了，似乎把我尊为消息灵通人士，不加解释地问道：

四月间你来不来，当然是指三月底，我陪你去看温莎公爵夫人的遗物，最动人的无疑是那红宝石项链，从前我在英吉哈德太太的沙龙里初晤华利丝·辛普森时，她就佩戴着它，四十岁，林中清泉的美，真正风华绝代，她是属于上个世纪的，或说，十九世纪留给二十世纪的悠悠人质。

希望你来，当然你得克制去你那边的苏士比，如果，你终于还是不想来日内瓦，那么，别错过这六天，三月十七日——廿二日，纽约的展览期，你看了，至少以后谈起来言之有物。

我想你一定在惋惜温莎公爵夫人的遗物行将散失，散，就是失，虽然我不可能怂恿英吉哈德太太全部买下来，哦，可恶的竞争者，但是这红宝石项链，已被我游说到了这位白金皇后怒意盎然，矢言非要到手不可，如果你能来亲睹项链的谁属，我会多么高兴。

你知道，华利丝一直活在阴影里，当然也正是活在大卫的爱里，公爵亡后，她已灰了，他和她没有事业，只有爱情，恰如你嘲弄的，以爱情为事业的人，那么，以事业为爱情的人，又如何呢）

（复函：三月底我不能来瑞士，四月，五月，也未知可否成行。

会来的，来则告诉你，我这里发生了什么事。

不要问，尤其别用电话探听，我说不清，相信你会同情，而后，原谅我，好久没有给你信，日记也停着。

等我来日内瓦时，将随带一物，供你持之与红宝石项链作比较，先别妄猜，往好里猜坏里猜都是错，总之我可以停止嘲弄以爱情为事业的人，但不停止嘲弄以爱情的新闻为事业的记者们，你是例外，因为你知道自己永远是例外的。

红宝石项链到纽约苏士比时，我当遵嘱去瞻仰，因为那时，它还是传奇性的圣物，以后，四月以后，它是商品性的俗物，是的，我有点伤心，偌大世界，连一个女人的首饰也保藏不了，非要分尸似的零落殆尽，真是《情感教育》，从前阿尔鲁夫人的东西，在她活着时就被拍卖，那场面实在写得好，残酷，噢，文学是，必得写到一败涂地，才算成功）

每星期五去墓园，下午，生丁无误地翻了面，一阵针刺般的喜悦。

接连几场大雪，墓园西北角积雪尤深，今年才分识虽是同样落叶的树，有的枝头缀雪，有的就承不住，大雪后，墓园的乔木亚乔木仍是光净的枯枝。

当生丁被雪盖没时，有一种轮回告终的不祥之感，侧着手掌轻轻拂雪，像是寻找埋在雪层下的宝贝或骸骨。

二月六日，整天在曼哈顿料理瓜葛世事，事毕，才知雪和夜都深了，车行维艰，驶至教堂区，进口的矮栏已被关上，那也只是不准泊车，银白的广场显得辽阔，修道院楼上有窗户是明的，隔着纷纷的雪，灯光幻为柔媚的淡橘红，耶诞已过去一个多月。

无风而飘雪就另含滋润的暖意，脚踏在全新的白地发出微音，引起莫名的惭谢，雪夜的静是婉娈的，因为温带的雪始终是难久的稚气而已。

墓台积雪甚厚，伸手探入底层，取得生丁，以打火机的光看清了，翻面，塞进雪层，按平在石上。

墓园笼在腾旋的白色网花中觉得陌生，反而像迢遥童年所见的雪的荒野。

燃起纸烟，其实已经知道而且看见，我也被知道而且看见了。

（夤夜十二点，我们离开墓园时，凌晨三点半，许多个化为一个，纷纷的雪）

图书在版编目（CIP）数据

豹变：木心短篇循环体小说 / 木心著；童明选编．
—上海：上海三联书店，2020.5（2020. 10 重印）

ISBN 978-7-5426-6982-7

Ⅰ．①豹… Ⅱ．①木… ②童… Ⅲ．①短篇小说－小说集－中国－当代 Ⅳ．①I247.7

中国版本图书馆 CIP 数据核字 (2020) 第 032876 号

豹变：木心短篇循环体小说

木心著；童明选编

责任编辑 / 宋寅悦

特约编辑 / 曹凌志

装帧设计 / 陆智昌

制　　作 / 陈基胜　马志方

监　　制 / 姚　军

责任校对 / 张大伟

出版发行 / 上海三联书店

（200030）上海市漕溪北路331号A座6楼

邮购电话 / 021-22895540

印　　刷 / 山东韵杰文化科技有限公司

版　　次 / 2020 年 5 月第 1 版

印　　次 / 2020 年 10 月第 2 次印刷

开　　本 / 787mm×1092mm　1/32

字　　数 / 70千字

图　　片 / 2幅

印　　张 / 6.75

书　　号 / ISBN 978-7-5426-6982-7/I·1608

定　　价 / 59.00元